CONY

Nova Fronteira Acervo

7ª edição

Prefácio de
Homero Vizeu Araújo

CONY
carlos heitor

Pilatos

Copyright © 1974 MPE-MILA PRODUÇÕES EDITORIAIS

Direitos de edição da obra em língua portuguesa no Brasil adquiridos pela Editora Nova Fronteira Participações S.A. Todos os direitos reservados. Nenhuma parte desta obra pode ser apropriada e estocada em sistema de banco de dados ou processo similar, em qualquer forma ou meio, seja eletrônico, de fotocópia, gravação etc., sem a permissão do detentor do copirraite.

Editora Nova Fronteira Participações S.A.
Rua Candelária, 60 — 7º andar — Centro — 20091-020
Rio de Janeiro — RJ — Brasil
Tel.: (21) 3882-8200

CIP-BRASIL. CATALOGAÇÃO NA PUBLICAÇÃO
SINDICATO NACIONAL DOS EDITORES DE LIVROS, RJ

C784p   Cony, Carlos Heitor
7. ed.   Pilatos / Carlos Heitor Cony ; prefácio Homero Vizeu Araújo. - 7. ed. - Rio de Janeiro : Nova Fronteira, 2020.
224 p. ; 23 cm.

ISBN 9788520945070

1. Romance brasileiro. I. Araújo, Homero Vizeu. II. Título.

20-62584   CDD: 869.3
                 CDU: 82-31(81)

Meri Gleice Rodrigues de Souza - Bibliotecária CRB-7/6439

PREFÁCIO

Com rima e sem solução:
ato, fato e Pilatos

Homero Vizeu Araújo[1]

O relançamento de *O ato e o fato*, de Carlos Heitor Cony, quarenta anos depois de sua publicação, voltou a iluminar a cena da resistência imediata ao golpe militar de 1964. No calor da hora, Cony destacou-se na crítica ao que chamou de quartelada, isto num quadro em que muitos intelectuais e políticos ainda saudavam a intervenção militar como uma resposta talvez excessiva, mas defensável, devido à radicalização política à confusão administrativa do governo João Goulart. Para Cony, não havia desculpa ou argumento para o arbítrio e para o cerceamento das liberdades, daí sua implacável campanha nas crônicas publicadas no jornal carioca *Correio da Manhã*. Desta fúria desmedida em favor da liberdade saiu a coletânea que compõe *O ato e o fato*, em que o título refere-se diretamente ao ato institucional que estabeleceu o regime.

---

[1] Professor de Literatura da Universidade Federal do Rio Grande do Sul. Autor de *Machado de Assis e arredores* e *Futuro pifado na literatura brasileira*, entre outros livros.

Não havia censura oficial à imprensa, e o livro foi lançado ainda em 1964. Na minha antiga edição, havia uma fotografia da multidão presente ao lançamento e o comentário de que se tratou da primeira "manifestação civil espontânea contra o regime militar". Cony, até então um cronista razoavelmente lírico e apolítico, tornou-se um sucesso nos arraiais progressistas ao partir para a crítica e para o panfleto. Mas Cony é basicamente um feroz individualista, avesso a qualquer tentativa de arregimentação e capaz de captar com rapidez a ideia consensual para emitir, assim que possível, sua opinião divergente. Assim, o autor prosseguiu com as carreiras de ficcionista e jornalista combinadas à disposição crítica sempre aguerrida que já lhe garantiria prisão antes mesmo do AI-5, que só veio no final de 1968.

O caldo entornou em 1967, quando Cony lançou *Pessach: a travessia*. No romance, Paulo Simões, escritor cuja biografia se confundia com a de Cony, acaba envolvido contra a vontade em uma desastrada e desastrosa aventura guerrilheira contra o regime militar. Boa parte do público progressista recebeu o livro como ofensa pessoal, por apresentar combatentes de esquerda capazes de sacrifícios heroicos e de sordidez arrematada. O autoritarismo de uns e outros era simplesmente uma regra do jogo imposto pela ditadura militar, logo não ofendia ninguém, era antes um elogio à disciplina dos guerrilheiros. Ruy Castro anotou que o narrador Paulo Simões, além de ostentar o desencanto e o ceticismo típico dos narradores do autor, fazia 40 anos em 14 de março de 1966, como Cony, e também era romancista carioca, desquitado e vinculado a um editor comunista, tal como Cony, que era editado pelo mítico Ênio Silveira, comunista e bonachão dono da editora Civilização Brasileira.

A confluência entre narrativa em primeira pessoa e biografia era mesmo uma provocação, e Cony acabaria reconhecendo em entrevistas que cansara de ser "gigolô das esquerdas", tarefa que lhe coubera depois do heroísmo de O ato e o fato, da prisão etc. Por sinal, em Pessach, há uma devastadora e satírica cena da passagem do escritor Paulo Simões pelo escritório da editora onde um bando de contestadores deblatera e prega a revolução. Pela verve e linguagem, estamos diante dos efeitos que Nelson Rodrigues alcançava na imprensa da época. Os dois ficcionistas têm semelhanças que incluem elementos farsescos e abusivos que transitam entre sátira, chanchada e arrancos moralistas. Enfim, Cony investia contra o que um tanto paradoxalmente era o consenso de época, a relativa hegemonia cultural de esquerda, na fórmula certeira de Roberto Schwarz, que durou de 1964 até dezembro de 1968, quando o AI-5 implantou de vez o terror de Estado e, entre outras barbaridades, tratou de arrasar com a vida inteligente do país.

Mas o inconformismo de Carlos Heitor não parou por aí. Sete anos depois de Pessach: a travessia é lançado o romance Pilatos, em 1974, o livro que Cony considerou até o fim da vida sua obra-prima, única e irrepetível. Um livro, segundo ele, antiliterário, de enredo absurdo com trejeitos patéticos, cômicos e macabros. A saga de um narrador-personagem mutilado — a primeira pessoa é uma obsessão do ficcionista Cony — que percorre as ruas do Rio de Janeiro carregando seu pênis boiando em um vidro de compota Colombo. No romance, o pênis é chamado por um de seus nomes mais populares, mas também é batizado de Herodes, já nos primeiros parágrafos. Piada grossa e bíblica do ex-seminarista Cony: Herodes é o rei que no Evangelho ordena a morte dos recém-nascidos para evitar o aparecimento de um novo rei de Israel. O rei Herodes desfazia criancinhas, enquanto um pênis saudável tende a cumprir a missão contrária.

Personagem-narrador castrado e anônimo, membro em conserva e batizado, assim vai Pilatos. E na epígrafe constam ainda os versos de Paulo Vanzolini, em "Samba erudito": "E assim me rendi ante a força dos fatos: lavei as minhas mãos como Pôncio

Pilatos". Não é inocente a rima com o *O ato e o fato*, de 1964. Depois de dez anos e com o recrudescimento da opressão, a disposição participante dá lugar a uma narrativa que já no título conota indiferença e escapismo, o que não quer dizer que o livro seja escapista. Muito pelo contrário. É experimentação literária e provocação a traçar um quadro sombrio e opressivo dos anos 1970, emoldurado pela paisagem tropical do Rio de Janeiro. Mas os recursos literários e retóricos aqui parecem travar a adesão empática de consciência culpada que gostaria de ler mais um livro de denúncia da ditadura, com alegorias que driblassem a censura e veladas referências políticas. O humor macabro é desconcertante e explora efeitos que não estavam muito atuantes na literatura brasileira de 1970 e 1980.

Que dizer do parceiro de andanças do narrador anônimo, a personagem Dos Passos, cujas ideias e iniciativas mirabolantes e desatinadas darão andamento picaresco à narrativa? Dos Passos, que se confessa um priápico capaz de satisfazer todas as mulheres, embora seja sempre traído por elas. Depois do desencanto, o personagem reivindica-se literato e fascista, e sempre com propostas: "Viu! Ainda vamos ganhar muito dinheiro" (p.101). O fascismo é enunciado, mas não comparece nos atos da figura apalhaçada, resulta ser mais um truque retórico, embora Dos Passos tenha ímpetos autoritários de consequências drásticas para o enredo. O contraste entre a fúria imaginativa, sodomizante e masturbatória de Dos Passos e a melancolia cética do narrador castrado rende cenas cômicas e patéticas.

Depois de elaborar aquele quadro sombrio, tragicômico e um tanto melodramático da esquerda armada que é *Pessach: a travessia*, Cony explora em *Pilatos* a consciência de um narrador que circula entre a inapetência por projetos quaisquer e o escárnio puro e simples. Seja como for, os limites e as possibilidades do engajamento, tal como foram enunciados e debatidos em *Pessach*, aqui são assunto inexistente, o foco em *Pilatos* vai para a indiferença, alguma anomia e humor patético. Se, em *Pessach: a travessia*, o título bíblico podia indicar algum tipo de trajetória positiva, ainda que degradada, em *Pilatos*, a figura bíblica remete à conivência e à indiferença de quem lava as mãos, tal como referido no samba da epígrafe. Depois de debater, ainda que com distância irônica, os esforços e os impasses da resistência à tirania e ao arbítrio no livro de 1967, Cony mudará de registro e partirá para a provocação, mas sem perder a veia realista. Dez anos depois do golpe civil-militar, o Rio de Janeiro de *Pilatos* é cenário para a pobreza degradada, as piadas infames e a violência da polícia, cujos descaramento e impunidade aludem à ditadura em curso.

Quase na abertura do livro, já consta a digressão do narrador, que versa sobre a descoberta e o batismo do próprio pênis.

> É difícil — ou inútil — datar o início desta história. Ela está começando hoje, talvez só comece realmente amanhã, mais tarde ainda, ou nunca. Sei que a história existe, está escrita e inscrita em minha carne, mas creio que ela não teve um início, nem mesmo no dia em que resolvi dar um nome ao meu pau.
>
> Cometo uma falsidade histórica: a história começa no dia em que descobri a existência de um pau entre as pernas, sem me importar com o fato de não ter ele um nome. O certo é que custei a descobrir o próprio pau, e mais certo ainda é que vivi anos sem me preocupar em dar-lhe um nome (p. 21).

O andamento argumentativo e expositivo sobre o assunto, entre o natural e o escabroso, nos insere em uma dissertação relativamente amena; somos levados a considerar sem preconceito a consciência do narrador sobre seu membro, embora um tanto surpresos com temática tão íntima apresentada sem mais. Na sequência, a exposição prossegue, mas o tom muda um tanto. Depois de examinar outros nomes, entre vara, órgão, carvalho etc., o narrador prossegue:

> Cheguei ao nome de Herodes mais ou menos por acaso. Mais tarde descobri razões para o nome e emprego. O primeiro contato com o nome do rei que mandou matar as criancinhas foi num circo, em Lins de Vasconcelos, que naquele tempo era uma terra de ninguém entre o Méier e o Engenho Novo.
>
> Fiquei impressionado com o que vi: um drama incompreensível para a minha idade e ocioso para as minhas preocupações. Uma mulher dançava com véus, um homem barbado comparecia apenas com a cabeça numa bandeja e um outro, meio sobre o balofo, dava ordens e gritava imprecações que eu não entendia nem fazia esforço para entender. O que me ficou desse homem em particular, e do drama em geral, foi um esplêndido manto vermelho coberto de dourados. Esse manto vermelho passou a significar, para mim, tanto a condição de Herodes como a condição de rei.
>
> Um dia, na mais baixa adolescência, enquanto me masturbava, olhei a cabeça do pau e notei que ela estava vermelha, granada pronta para explodir. A associação se fez para sempre: rei-manto vermelho-Herodes-pau.
>
> HERODES.
>
> Gostei do nome. Parece que o pau também gostou.
>
> Formamos assim — tal como Batman e Robin — uma dupla dinâmica. Passei a carregar Herodes entre as pernas, provendo-o em suas necessidades básicas. Ele

crescia em graça, talento e formosura para o que desse e viesse (p. 22).

O trecho encerra o primeiro capítulo do livro e me parece desconcertante e assombroso. A começar pela disposição filosofante e reflexiva posta a serviço da bobagem, ou da pretensão narcisista masculina, ou ainda da sexualidade crua que eleva a obsessão adolescente a elemento crucial. O andamento filosofante e sentencioso é muito reforçado pela articulação elaborada da frase, que frequentemente ostenta uma espécie de ritmo binário: "o nome e emprego"; "drama incompreensível para a minha idade e ocioso para as minhas preocupações"; "dava ordens e gritava imprecações"; "desse homem em particular [...] e do drama em geral"; "tanto a condição de Herodes como a condição de rei".

E o último parágrafo radicaliza o procedimento ao apelar para o imaginário pop, novamente dicotômico: "Batman e Robin — uma dupla dinâmica". E aqui a elaboração da frase já explora matéria rebaixada, a dupla de heróis, para rebaixá-la mais ainda, ao compará-la à relação entre membro e dono. Os dois períodos finais são uma espécie de apoteose da vulgaridade em estilo pomposo. A elaboração binária encerra a frase com "desse e viesse". Com o detalhe nada desprezível da fórmula ternária bíblica (graça, talento e formosura) que enfatiza o "desse e viesse". De novo há ironia na passagem. Herodes cresce com os atributos que são da infância de Cristo, perseguidor e perseguido unidos e contrastados na prosa equilibrada e na informação razoavelmente sofisticada de leitor da Bíblia. Fica o enigma sobre o perfil do narrador, que mobiliza o conhecimento dos evangelhos para louvar a própria genitália.

De resto, narrador anônimo para membro batizado. Mas isso não é tudo. A tal disposição reflexiva em busca do nome adequado revela o dado suburbano carioca que dá brilho mimético ao trecho, afinal o tal espetáculo que inspirou o nome é uma cena de circo que se passa em Lins de Vasconcelos, devidamente registrado enquanto "terra de ninguém entre o Méier e o Engenho Novo". O detalhismo da anotação reforça o caráter rebaixado da cena bíblica transformada em vulgaridade apelativa com dança de véus, cabeça na bandeja e o tal Herodes com a cor associada à glande já citada. Embora a retórica e as referências do narrador revelem formação refinada e informação adequada, o episódio do martírio de João Batista é referido como se o narrador nada soubesse do assunto. Uma falsa inocência equivalente à do menino-adolescente para quem se tratava de "um drama incompreensível para a minha idade e ocioso para as minhas preocupações".

A situação suburbana sugere ingenuidade e a preocupação obscena do narrador puxa a narrativa para a piada grosseira, enquanto a retórica e a informação bíblica insinuam bom gosto e erudição. O resultado é irônico e provavelmente patético, com o narrador ostentando uma dicção razoavelmente elevada para tratar do conteúdo degradado, daí resultando uma anedota vulgar e masculina elaborada com retórica e referências sofisticadas.

Em breve, dando sequência à narrativa, sempre na cidade do Rio de Janeiro, saberemos como Herodes foi parar no vidro de compota. Ao atravessar a rua em 9 de setembro de 19..., contando 33 anos de idade e um emprego banal, nosso narrador sente uma dor súbita e apaga, para só acordar em um hospital observado por duas freiras, "que me espiavam, do fundo de uma curiosa caridade". Pouco a pouco, o narrador vai se dar conta de que está mutilado e que na mesinha de cabeceira, no vidro de compota, encontra-se Herodes. Em breve o personagem-narrador revelará que os pacientes do hospital filantrópico são assassinados pelas freiras com um chá da noite.

A gentileza das freiras assassinas fará com que o narrador trate de abandonar o hospital o mais breve possível e dirigir-se ao pardieiro onde alugava um quarto, do qual será sumariamente despejado levando só a roupa do corpo e Herodes no vidro. Começa o périplo arbitrário e desgraçado pelas ruas do Rio de Janeiro com o narrador se submetendo a um conjunto variado de humilhações. Numa folga triste, em um banco da Cinelândia, o narrador indiferente encontra aquele que será seu parceiro até o fim do livro, Joaquim dos Passos, um homem de ação e de ideias, a maioria delas absurda. Com pretensões à fama literária, Joaquim dos Passos é um atleta sexual, um priápico que é traído por algumas mulheres e que apelou à bestiofilia para garantir alguma fidelidade. Acaba traído pela cabra adotada e se vinga matando a tiros a adúltera e o respectivo bode. Dizendo-se um homem feliz, Dos Passos encerra seu relato alucinado sobre suas tribulações em busca da fidelidade. Tudo isso ainda em plena Cinelândia.

– Arrancou o pau?
– Não. Passei a me interessar por outras coisas.
– Que coisas?
– Já disse. O facismo. Sabe o que é isso? (p. 88).

Conferindo o conjunto, ficamos com a conversão à literatura e ao fascismo depois do desencanto amoroso bestiófilo. A opção política reduzida a uma piada extravagante que reduz o debate ideológico e estético à bobagem. E é este priápico incorrigível e masturbatório que levará o personagem-narrador adiante, com suas ideias mirabolantes e absurdas. Até porque Dos Passos logo demonstra o maior interesse pelo homem mutilado que carrega Herodes de um lado para outro. Tornar-se-á um cafetão do membro alheio e extirpado, imaginando formas de explorar a desgraça do protagonista. Do que resulta uma espécie de dupla cômica (mais uma) em que o otimismo do atleta sexual traído (e fascista) contrastará com o ceticismo do narrador mutilado.

Um exemplo paradigmático da relação entre os dois personagens surge logo na sequência deste primeiro encontro. Ainda no banco da Cinelândia, Dos Passos convida o narrador para irem ver o nascer do sol. O desconsolado narrador alega não ter interesse no assunto, embora ceda ao convite de Dos Passos e rume para o mar, a fim de contemplar o amanhecer. Ele pergunta: "Para que um novo dia?" A resposta de Dos Passos: "É o amanhã que chega. E amanhã a gente pode fazer uma porção de coisas."

Para os leitores da obra posterior do autor, é desconcertante identificar na frase de Dos Passos os termos do pai de Cony que conhecemos de *Quase memória*, livro de 1996 que reinicia a carreira literária do autor em pauta. "E amanhã a gente pode fazer uma porção de coisas": ao que tudo indica, o próprio pai de Cony é a fonte de seus personagens picarescos mais ou menos ousados, sempre em contraste com a perspectiva desencantada da narração. Não deixa de ser mais um aspecto surpreendente do romance desabusado e provocativo que espera o leitor nas páginas que se seguem.

E assim me rendi ante a força dos fatos:
Lavei minhas mãos como Pôncio Pilatos.

Paulo Vanzolini, "Samba erudito", gravado por Chico Buarque de Holanda

Não ouvi barulho, vi apenas que Dos Passos tremeu e sentou-se no banco. Eu estava desligado, incapaz de perceber qualquer coisa. Mas reparei naqueles pontos luminosos que saíram da janela de um carro em movimento, a alguns metros do local onde decidíramos passar a noite e esperar pela manhã. Estranhei a velocidade com que o carro seguiu o seu caminho. Só então, quando me voltei para Dos Passos, percebi que estava morto.

Tinha sido varado por muitas balas, mas parecia sorrir, sem espanto nem dor, como se os tiros — e a morte — nada tivessem com ele. Após algum tempo, de sua boca começou a escorrer uma baba avermelhada. E do peito, e mais tarde da barriga, caíram pedaços de um sangue já meio pastoso, escuro.

Adivinhava que alguma coisa deveria acontecer. E aconteceu: de vários cantos da Cinelândia surgiram bêbados, veados, putas e, de cambulhada, alguns policiais.

Arrastaram-me para um carro e dele me despejaram na delegacia do Catete, onde fui mais surrado do que interrogado. Não pude explicar muita coisa, limitei-me a declarar que era amigo de Dos Passos, que pouco sabia de seu passado e nada sobre seu futuro. Aliás, Dos Passos não tinha qualquer futuro, a morte dele era uma prova. Temi que me mantivessem preso por mais tempo, mas aquela seria uma noite de surpresas: quando menos esperava, mandaram-me andar. Mais tarde, se fosse o caso, eles me chamariam para novos depoimentos. Não duvidaram do endereço que inventei na ocasião. Se tivesse dito que não morava em nenhum lugar, talvez não acreditassem e me batessem mais. De qualquer forma, adivinhavam que eu não tinha condições de viver escondido, bastava uma simples ronda de rotina para me pegarem em qualquer canto. O que era verdade.

Estranharam o vidro de compota que eu procurava proteger. Garanti-lhes que era uma salsicha, que me haviam dado para o almoço do dia seguinte. Um sujeito abriu o vidro, cheirou o conteúdo — e deixou-me em paz.

A maioria das perguntas que me fizeram foi sobre os inimigos de Dos Passos. Eu não podia supor que Dos Passos fosse importante a ponto de merecer inimizade de alguém. Se me perguntassem coisa mais concreta, não teria razões para esconder o que sei. Sem esforço, posso garantir que conheço os assassinos de Dos Passos.

Quer dizer, não conheço as pessoas e os nomes, apenas os motivos. Depois da sacanagem que o Grande Arquimandrita fez com os rapazes, era natural que houvesse represália. O próprio Dos Passos sabia que a vingança estava a caminho, só não sabia que vingariam errado, e nele próprio.

Agarrado ao meu vidro, trôpego, moído pelas pancadas, voltei à minha vida, embora a minha vida fosse aquela noite, aquele banco de praça. E a esperança de ver uma aurora que deveria nascer sobre o mar, para a qual eu me sentia convidado, embora, na verdade, fosse apenas um intruso.

Primeira Parte

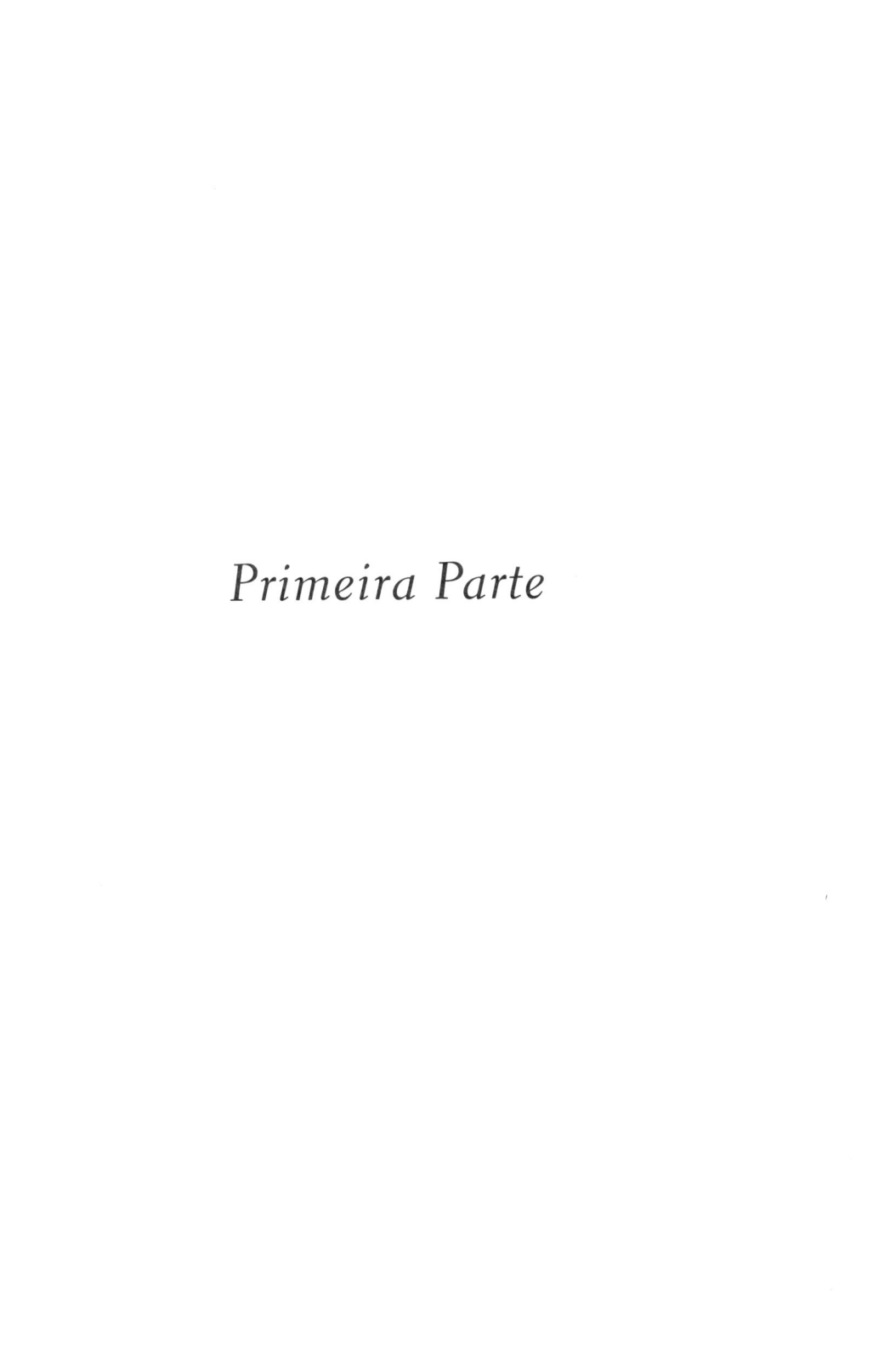

I

É difícil — ou inútil — datar o início desta história. Ela está começando hoje, talvez só comece realmente amanhã, mais tarde ainda, ou nunca. Sei que a história existe, está escrita e inscrita em minha carne, mas creio que ela não teve um início, nem mesmo no dia em que resolvi dar um nome ao meu pau.

Cometo uma falsidade histórica: a história começa no dia em que descobri a existência de um pau entre as pernas, sem me importar com o fato de não ter ele um nome. O certo é que custei a descobrir o próprio pau, e mais certo ainda é que vivi anos sem me preocupar em dar-lhe um nome.

Não sou exatamente um entendido, mas sem esforço de erudição e memória posso lembrar uma dúzia de nomes, sem apelar para as expressões respeitáveis que figuram nos dicionários e livros de educação sexual. Nenhum deles me agrada. Além de feios, são ambíguos. *Órgão*, por exemplo, pode ser aquele instrumento tocado nas igrejas. *Membro* pode ser um membro da Câmara dos Deputados. *Vara* pode ser uma Vara de Família ou uma Vara de Órfãos e Sucessões. Cacete e pau são quase outras coisas — ou as mesmas coisas —, e caralho tem o inconveniente de ser parecido com carvalho e Carvalho.

Foi esse, aliás, o primeiro nome que me ocorreu quando pensei em chamar meu pau de alguma coisa. Mas a recíproca funcionou. Se caralho é parecido com Carvalho, Carvalho é parecido com caralho. Tive um amigo que se chamava Carvalho — Pedro Gomes de Carvalho —, e não seria decente utilizar seu nome para designar coisa tão importante e pessoal.

Cheguei ao nome de Herodes mais ou menos por acaso. Mais tarde descobri razões para o nome e emprego. O primeiro contato com o nome do rei que mandou matar as criancinhas foi num circo, em Lins de Vasconcelos, que naquele tempo era uma terra de ninguém entre o Méier e o Engenho Novo.

Fiquei impressionado com o que vi: um drama incompreensível para a minha idade e ocioso para as minhas preocupações. Uma mulher dançava com véus, um homem barbado comparecia apenas com a cabeça numa bandeja e um outro, meio sobre o balofo, dava ordens e gritava imprecações que eu não entendia nem fazia esforço para entender. O que me ficou desse homem em particular, e do drama em geral, foi um esplêndido manto vermelho coberto de dourados. Esse manto vermelho passou a significar, para mim, tanto a condição de Herodes como a condição de rei.

Um dia, na mais baixa adolescência, enquanto me masturbava, olhei a cabeça do pau e notei que ela estava vermelha, granada pronta para explodir. A associação se fez para sempre: rei-manto vermelho-Herodes-pau.

HERODES.

Gostei do nome. Parece que o pau também gostou.

Formamos assim — tal como Batman e Robin — uma dupla dinâmica. Passei a carregar Herodes entre as pernas, provendo-o em suas necessidades básicas. Ele crescia em graça, talento e formosura para o que desse e viesse.

II

Passei a carregar Herodes entre as pernas. A história começa nesse ponto, nessa sutileza do tempo verbal. Deu-se que Herodes, crescido em graça, talento e formosura, não chegou a tamanhos insuspeitados. Era um pau normal, eficiente, cumpridor de suas obrigações.

Antes de começar a foder, gastou parte de sua inicial ociosidade em outras serventias. Eu o esfregava nas meninas que podia e mesmo naquelas que não podia, fazendo uso de engenho e arte para dobrar resistências ou preconceitos.

Esfreguei-o até mesmo numa mulher madura, de bunda imaculadamente branca, que ensinava catecismo na matriz de Nossa Senhora da Guia. O fato está meio apagado na minha lembrança, mas esta prematura sacanagem tem clarões aqui dentro sempre que procuro impor uma ordem cronológica à acidentada — e estranha — biografia de Herodes.

Ensinaram-me a foder bananeiras — um esporte em voga nos meus tempos de menino, mas que caiu em desuso por falta de estímulo (a Confederação Brasileira de Desportos nunca o enquadrou) e falta sobretudo de bananeiras, que não mais crescem nos quintais desta cidade, onde também não mais existem quintais.

Fazia-se um buraco no caule macio, os meninos mais crescidos ali metiam o pau, esfregavam-se compenetradamente e gozavam.

Eu não conseguia gozar. Metia o meu toco e gostava de sentir o contato viscoso que envolvia o pau. Perguntavam se eu estava gozando — e eu mentia, dizia que sim.

— Então, por que não está gemendo?

Passei a gemer, agarrado às bananeiras, e ninguém gemia melhor, com mais entusiasmo.

A primeira vez que o futuro Herodes serviu para cumprir um papel mais ou menos condizente com a sua importância, foi pela altura dos nove anos, quando uma guria da mesma idade, vizinha de quintal, ensinou-me uma sacanagem que até hoje me parece incompreensível. Tinha havido festa não sei onde e ela me apareceu com um pedaço de gelo.

Fomos para os fundos de um matagal e mandou que eu esfregasse o gelo nela. Tarefa que cumpri com cuidado, tinha medo de que saísse sangue de suas pernas. Quando o gelo já estava derretido pela metade, ela mandou que eu parasse. E passou a esfregar aquele resto no meu pau. Eu senti frio e nada — uma sensação que me acompanhou por muito tempo, e que hoje tem a sua verdade quando medito na situação em que estou: frio e nada.

Não pretendo escrever a biografia de um caralho, ainda que de um caralho com nome histórico: Herodes, o Grande. Não era tão grande assim mas o apelido se justificava. Afinal, a História registrou a existência de dois Herodes: o Grande e o Tetrarca da Galileia. Seria cabotino chamá-lo de Grande. E seria exagero chamá-lo de Tetrarca. Fiquei apenas no Herodes e acredito que tenha ficado bem.

Até que aconteceu a manhã do dia 9 de setembro de 19... Era um dia e uma manhã qualquer, eu não ia especificamente a nenhum lugar. Tinha 33 anos e um emprego banal, num escritório da cidade, onde fazia revisões de provas tipográficas. Fui atravessar a rua, senti violenta comichão nas costas, seguida de outra comichão no mesmo lugar, esta mais forte.

Nada de espantoso na vida de um homem, sentir duas comichões. O extraordinário é que entre as duas comichões, que me pareceram imediatas, quase simultâneas, houvesse transcorrido um hiato de trinta horas. O que aconteceu entre uma comichão e outra, os atos e os fatos que marcaram essas trinta horas foram os mais importantes para a minha vida e para esta história.

III

A rua estava deserta, veia sem sangue, arrebentada e escura. Talvez não tenha visto nada: na verdade, não cheguei a ver nada. Atravessei-a sem sentir, como se ela ali estivesse para ser atravessada por mim. Já fizera isso muitas vezes e me resignara a fazer outras tantas, sem tédio e sem glória. Como todo mundo e como em todas as ruas do mundo.

Senti a comichão. Podia não ter sentido nada e para nunca mais. Fui atirado longe, tão longe que somente no dia seguinte, trinta horas depois, voltei a um lugar preciso: a cama do hospital. Novamente senti a comichão nas costas, como se uma pulga monstruosa estivesse passeando pela minha espinha. Foi a necessidade de espantar a pulga.

Um gesto que não chegou a ser gesto: quis levantar a mão e não consegui. Então não me incomodei com a comichão: agora havia a dor e eu a sentia, por todo o corpo. Uma dor extensa, também intensa, que doía sobretudo nos olhos.

Eu acabava de abrir os olhos e eles doíam porque tentavam ver. Tentavam ver e nada viam porque viam muitas coisas ao mesmo tempo. E o que era visto não chegava a fazer sentido. Precisei de tempo para reconhecer o branco, o enorme branco que se estendia pelo universo e que me penetrava pela dor — mais do que pelos olhos.

"A dor é branca", pensei, mas isso não me aliviava. Podia ser um teto branco, um comprido teto branco desenrolado sobre mim, havia a mancha amarelada que não era amarela, mas azul, um azul que avançava contra mim e me despedaçava.

O ônibus. O ônibus talvez nem fosse azul, eu é que o sentia azul. Ele me penetrava e me atirava para o branco que voltava a doer em meus olhos.

À minha frente, o ônibus transformou-se em duas coisas redondas e iguais. Deviam ser os faróis, todos os ônibus têm faróis redondos e iguais. Mas não eram. Eram duas freiras que me espiavam, do fundo de uma curiosa caridade. Elas me olhavam e esperavam que eu fizesse ou dissesse alguma coisa, o que era um absurdo, eu não podia fazer ou dizer nada, elas deviam saber disso melhor do que eu.

Para ter alguma coisa com que me preocupar, encarei as freiras e percebi que elas me olhavam com pena e interesse. Notei mais: para mim, elas olhavam com pena, mas olhavam com interesse para outra coisa. Uma outra coisa que não estava em mim, devia estar perto, ao meu lado talvez. Fiz esforço com a cabeça para ver o que era, a dor não deixou. Fiquei com a certeza: perto de mim havia alguma coisa que não despertava pena, mas o interesse das freiras.

Uma vela acesa, talvez. Nos hospitais acendem velas para os que vão morrer. As freiras sabiam que eu ia morrer, acenderam uma vela na mesinha de cabeceira. Ainda que eu tivesse direito, não iria reclamar contra a vela. Pouco me importava ter uma vela acesa ou apagada, vela ou não vela ao meu lado.

A dor, sim, esta me incomodava. A princípio era uma mortalha que me agasalhava todo o corpo. Aos poucos foi ficando menor, encurtando de tamanho, não de violência, até que ficou do tamanho de um lenço.

Uma dor do tamanho de um lenço. Fiz novo esforço e consegui mexer com os dedos. As mãos, afinal, voltavam ao meu controle e eu podia mexê-las — e elas tatearam, cegas e feridas, pelo meu peito. Foram abaixando até que senti uma coisa, áspera e colante, embaixo do estômago. Lá estava ele: o lenço-mortalha. Era um enorme esparadrapo, grudado ao corpo como se fosse uma segunda pele. As mãos escorregaram mais um pouco e consegui apalpar alguma coisa: o vazio. Esforcei-me para vencer a dor, para pensar além da dor: o que acontecera? Fizeram-me um rombo lá embaixo, para quê? Imaginei alguma complicação, devo ter estourado os rins ou a bexiga, os médicos me enfiaram uma sonda, a tripinha de matéria plástica que vai recolher, em sua nascente, gota a gota, a minha urina. Por isso as freiras me olhavam com pena e interesse, talvez quisessem ver a tripinha que me enfiaram pelas virilhas. Mas as minhas virilhas permaneciam em seu lugar, estavam onde sempre estiveram e não ao meu lado, na mesinha de cabeceira.

Já mexera as mãos, não custava tentar fazer o mesmo com a cabeça. Dei um golpe seco e senti o estalar de músculos: pude mexer o pescoço. Mais um esforço e consegui olhar para o lado. Pronto, lá estava a coisa.

Vi a mesinha de cabeceira bem ordinária, dessas de hospital. Havia um copo com água empoeirada, um pedaço de linóleo cuja ponta estava presa pela gaveta. No centro do tampo, um vidro de geleia. Geleia não. Eu conhecia aqueles vidros, eram de compota. Compota Colombo, de pêssego. Muito comum nas padarias, nos mercados: os pêssegos dourados, espremidos uns contra os outros, alagados na calda cor de ouro.

Para que me deram aquela compota? Devia ser uma compota velha, quase estragada, a calda estava escura e vermelha. As freiras — eu conseguia raciocinar com nitidez — haviam me dado aquilo de presente, eram caridosas por profissão ou temperamento, cada sujeito que aparecia na enfermaria, estropiado e doído, recebia um doce para amenizar os dias de convalescença. Por isso elas me olhavam — e olhavam para o vidro de compota.

Desejavam avisar que haviam trazido um doce para mim, talvez esperassem o meu agradecimento ou outra forma de retribuição. Ia murmurar: obrigado. Mas preferi olhar outra vez. A verdade é que não gosto de compotas, muito menos de pêssegos, que me parecem afrescalhados, sobremesa de veado.

Achei que havia ganhado um pepino. Um pepino em conserva. Sim, lá estava, enorme, rodando em torno de seu eixo como um totem desgovernado, um pepino murcho. Por que haviam me dado um pepino? Talvez as freiras gostem de pepinos e tenham me dado um, em conserva, de fabricação caseira, eu percebia que a tampa de vidro não era a de origem, havia o esparadrapo fazendo um círculo em volta do bocal.

As freiras cultivavam pepinos, plantavam nos fundos do hospital, faziam conservas para uso próprio e para presentear os doentes quando tivessem alta. Mas eu não teria alta tão cedo, pelo menos enquanto estivesse com aquele enorme esparadrapo grudado no meu corpo.

Não cheguei a me assustar. A mão deslizou sobre o remendo lá embaixo. Apalpei-me e senti um vazio no justo lugar onde esperava encontrar uma resistência carnosa e inerte, uma saliência habitual e minha. Não havia nada ali. A minha mão sabia.

As freiras deixaram de olhar para a mesinha de cabeceira. Olhavam agora para mim, sem pena nem interesse, porém com certo estupor. Elas também sabiam. Então, só para conferir, olhei com atenção o vidro de compota; aquilo não era calda, mas álcool, sujo de sangue.

Imerso nele, boiando como um peixe sem vísceras — e cego: ele.

IV

Nunca tinha apreciado Herodes daquele ângulo. Parecia maior e mais escuro, e, inexplicavelmente, mais cheio de si. Alguém mexera no vidro, o ex-pepino rodopiava pela força do líquido em movimento, talvez as freiras o tivessem segurado, para verem melhor, contra a luz. Ainda pensei: estou me incomodando à toa, vai ver que aquilo é outra coisa, o buraco que sinto aqui embaixo é uma ferida lateral. Não iriam me arrancar o pau somente para ser pasto do interesse ou da caridade das freiras.

Após algum tempo, consegui fixá-lo com precisão. O travesseiro escorregara sob meu pescoço e tive ângulo para examiná-lo. Sim, era ele. Não estava murcho, nem ereto — nem teria motivo para isso. Era assim que ele ficava quando eu acabava de trepar: mais para duro do que para mole, um pouco curvado sobre si mesmo, como um padre na missa dizendo: *Dominus vobiscum*. Pode parecer pretensão; afinal, todos os paus se parecem e dificilmente alguém poderia afirmar: aquele é o meu. Mas eu tinha certeza. E o vazio entre as minhas pernas era uma prova.

As freiras perceberam meu pânico. Fizeram um gesto tranquilizador, como se me prometessem o reino dos céus pela perda do pau. Eu tentei dizer um palavrão, apenas rosnei: da garganta não saía nada. Uma delas colocou a sua gorda mão — monástica mão branca, oca como um pastel — em cima do meu peito:

— Foi a vontade de Deus, meu filho.

Rosnei outra vez — as palavras não saíam. Que que tinha a vontade de Deus contra o meu pau? O furor que havia em meus olhos inquietou as freiras: elas resolveram ir embora. Olharam mais uma vez o meu rosto, olharam o vidro de compota, deram-me as costas e sumiram, deslizantes, na enfermaria branca e enorme.

Só então notei que estava numa enfermaria cheia de leitos. Fora apanhado como indigente — e era indigente mesmo. Talvez os outros doentes soubessem de minha mutilação e esperassem a saída das freiras para me caírem em cima. Felizmente, estavam preocupados com os próprios problemas e ninguém se manifestou.

Com o tempo, fui sabendo das coisas: todos tinham um motivo mais ou menos lógico para estar naquela enfermaria. Um deles operara um câncer no reto, estava de bunda para cima, em posição mais ridícula do que a minha, embora com melhor futuro.

Ainda deitado no leito, aos poucos fui sendo informado das misérias de cada um. Eu próprio espalhei que me haviam cortado o pau, e, contra as minhas expectativas, não provoquei nem emoção nem escândalo. Um velhinho gritou, de um dos cantos da enfermaria, que lhe haviam tirado a vesícula — e eu desanimei de discutir o assunto. O que seria ocioso: para ele, o pau e a vesícula davam na mesma.

Mesmo assim obtive alguma consideração pelo fato de ter, em minha mesinha de cabeceira, o vidro de compota com o pau dentro. Volta e meia vinha um doente, arrastando os chinelos, espiar Herodes submerso em seu mundo de álcool. A maioria limitava-se a olhar, um ou outro gostava de segurar o vidro, expô-lo contra a luz para melhor examiná-lo. Depois seguiam, trôpegos, indiferentes, como se tivessem visto um sapo em conserva.

As freiras me visitavam duas vezes por dia, olhavam o meu pau. Não eram sempre as mesmas e eu percebia o sucesso que aquilo causava entre elas. Afinal, algumas — não todas — deveriam estar vendo um pau pela primeira vez, ainda que *in vitro* e não *in natura*.

Os médicos vinham também, mas não me davam importância. Estavam preocupados com uma ferida na minha perna, ferida que teimava em não cicatrizar. Custei a perceber a existência daquela ferida, agora sabia que ela podia gangrenar. Marcaram a retirada do esparadrapo para um tempo impreciso: depois que a ferida cicatrizasse.

Tudo entraria na rotina de uma enfermaria se não surgisse, certa noite, um doente que em muito me superou: entrou aos berros acordando todo mundo:

— Cortaram os meus colhões! Os filhos da puta cortaram os meus colhões!

Precisaram dar morfina para que o camarada se acalmasse. Depois soubemos de tudo. Tal como no meu caso, ele havia sofrido um acidente: caíra de um andaime e uma prancha de ferro amassara-lhe os bagos. Ali, naquele hospital, a medicina era sumária: cortaram logo.

No início me preocupei com o drama do outro, mas lá pela madrugada tive um sobressalto: e os meus colhões? O que havia no vidro de compota era apenas o pau. Não entendia dessas coisas, sabia vagamente que o pau independe, até certo ponto, de seus colhões. Por isso não me preocupara em saber se tinha ficado ou não com os meus.

Diante do rumo dos acontecimentos, assustei-me. Já me resignara a viver sem o pau, e, por conseguinte, os meus escrotos seriam um saco inútil para carregar pela vida que me restava. O que mais me indignava era não conhecer o destino que haviam dado aos meus colhões. Afinal, o pau ali estava, perto de mim, eu podia levá-lo para todos os lugares, ou providenciar para ele um sepultamento cristão, à beira de uma estrada, ou no jardim ao lado do túmulo do Soldado Desconhecido.

Mas, e os colhões? Em que iníquo buraco o meteram? Teriam dado aos cachorros? Imaginei meu saco indefeso, arrastado por cães ou gatos, como um troféu de guerra. Há tempos, vira um acidente que me comoveu: na avenida Brasil, perto da estrada que vai para o aeroporto do Galeão, um sujeito fora atravessar a pista, o ônibus o atirou longe. Acidente quase igual ao meu. Ali houve morte imediata. Quando a perícia chegou, houve dificuldade em saber se aquela carniça era de homem ou mulher. A dúvida ficaria por mais tempo se não encontrassem, num matinho próximo, um gato que arrastava o birro do sujeito. Havia o sulco de sangue pelo asfalto, um guarda acompanhou o rastro e encontrou o gato na moita, tratando de comer o seu tesouro.

Não tenho nada contra gatos, mas não me agradava a ideia de ter meus colhões comidos por eles.

Diante da revelação do novo mutilado que chegava à enfermaria, foi a minha vez de berrar. Gritei como nunca gritara antes. Queria os meus colhões. Veio o enfermeiro, aplicou-me uma injeção. Caí num sono profundo, do qual teria sido melhor se nunca despertasse.

V

Não cultivei intimidades na enfermaria. As freiras continuavam a olhar para o vidro de compota e me davam conselhos. Os médicos limitavam-se a examinar o meu curativo. Quando tiraram o esparadrapo, vi que havia ficado com um pequenino toco, onde um tubinho de matéria plástica trazia-me a urina da bexiga. Havia uma espécie de torneirinha na ponta. Quando a bexiga enchia e me incomodava, eu abria a torneirinha em cima do urinol. O pau — quanto a este aspecto — estava substituído.

Os demais doentes continuavam entregues a seus próprios problemas, o sujeito que ficara sem os colhões não quis manter nenhum tipo de relação com ninguém. Berrou durante vários dias e noites, clamando pelos seus bagos, e — uma tarde, enquanto tomava plasma sanguíneo e soro fisiológico — teve um arranque de lucidez: suicidou-se.

A enfermaria era no quinto andar e havia uma janela aberta em frente de sua cama. Foi um bom espetáculo ver aquele vulto branco, envolto nos lençóis, todo amarrado pelos esparadrapos e pelas agulhas, pelas ampolas e pelos fios de plástico, correr pela enfermaria arrastando os vidros de plasma e soro. Antes que alguém pudesse fazer alguma coisa — duvidei que alguém fizesse qualquer coisa —, ele se despencou.

Em seu leito foi instalado um espanhol que tinha levado 12 facadas de uma mulher. Era um homem forte e cabeludo, sofria de furor fálico e certo dia masturbou-se diante das freiras.

De minha parte, desanimei de saber por que haviam feito aquilo comigo. Todos os dias, em todas as partes do mundo, milhares de pessoas são atropeladas e, que eu saiba, não perdem pau e colhões por causa disso.

Um doente, que ocupava o leito ao lado do meu, havia sido escrevente juramentado não sei onde. Garantiu que eu podia mover uma ação contra o Estado ou contra o hospital. Ora, eu não ia mover nada, desde que conseguisse mover-me em paz. Para ganhar o processo, teria de fazer provas, exibir minhas virilhas vazias, os jornais talvez se interessassem pelo caso — seria pior para mim. Além do mais, um injustificado orgulho me lembrava um fato idiota: pau não tem preço.

Quanto ao destino físico dos colhões, um servente informou-me que eles haviam sido jogados no balde das salas de cirurgia. Segundo anotações do livro de registros, no mesmo dia ali foram jogados um feto, dois quistos uterinos do tamanho de uma bola de futebol, alguns metros de intestino grosso, outros tantos do delgado, pedaços de uma bunda, cinco dúzias de apêndices supurados, dois piloros, um olho, quatro placentas e um dedo do pé.

O inventário não me emocionou. Pouco importava, afinal, que os colhões houvessem tido boa ou má companhia. Se me consultassem, aprovaria aquela mixórdia anatômica. No Juízo Final talvez haja alguma confusão e eu fique com um quisto uterino no lugar dos colhões. Será problema de Deus.

Outro fato importante, cuja memória guardo daqueles dias, foi o chá que as freiras serviram. Aquela enfermaria era destinada aos doentes mais ou menos desesperados, ou, pelo menos, em estado desesperador. Todos — segundo a opinião dos médicos e das freiras — deviam ter razões para não mais se agarrar à vida com entusiasmo. As freiras cooperavam para que os mais fracos tomassem uma decisão. O suicídio do sujeito que ficara sem os colhões foi um fato abençoado. E como ninguém mais se mancasse, no final do mês as freiras providenciaram o chá, que elas serviram pessoalmente às nove e meia da noite.

Jantava-se às cinco, uma sopa repugnante e rala, que fedia a gaze ensanguentada. Depois disso, só havia o café da manhã seguinte. Naquele fim de mês, sem aviso prévio, quando todos estávamos dormindo, subitamente as luzes foram acesas. Num carrinho, havia o enorme bule, com xícaras em volta. Três freiras serviam o chá, entre sorrisos abertos e mal fechadas intenções. Garantiram que era uma homenagem a são Judas Tadeu. Não sei o que são Judas Tadeu poderia ter com as nossas misérias e desconfiei daquele chá em hora tão imprópria, numa também imprópria gentileza. Forçaram-me a tomá-lo. As freiras me garantiram que não era um chá qualquer, mas algo especial, reconfortante, capaz de levantar forças alquebradas, ânimos enfraquecidos.

Colocaram a xícara em meus lábios, empurraram aquilo, apertaram-me as bochechas para que eu engolisse, mas cerrei os dentes com força. Resisti bravamente. Quando elas cansaram — e não desejavam criar escândalo — seguiram avante. Os outros tomaram, e houve um que ainda perguntou se não havia biscoitos. Não, não havia biscoitos.

No dia seguinte, amanheci entre dezessete cadáveres. Apenas cinco escaparam. Um deles porque já conhecia de vezes anteriores a eficácia daquele chá. Um outro porque estava sem a glote — ou com a glote avariada — e não conseguia engolir. Os dois outros foram poupados porque eram piedosos, rezavam terços e faziam novenas, viviam nas boas graças das freiras e no santo temor de Deus.

Antes do meio-dia vieram os enfermeiros e serventes, e os levaram a todos, empilhando-os primeiramente em cima de um colchão, no meio do corredor. Um padre apareceu, jogou preces e água benta em cima daquela montanha de morte, e o colchão foi arrastado. À noite, os leitos que haviam ficado vazios já estavam cheios novamente, com sua carga de corpos doídos e condenados.

Foi então que decidi ir embora. De uma hora para outra poderiam me servir chá — e eu, que tanto clamara e reclamara pelos meus colhões, iria acompanhá-los no balde das placentas, dos piloros e das outras porcarias. Para conseguir isso, condenei-me a um comportamento detestável. Reclamava de tudo, proferia blasfêmias que horrorizavam as freiras, cuspi no crucifixo que estava pendurado na parede dos fundos da enfermaria, fiz intrigas entre os demais doentes e despejei meu urinol no caldeirão da sopa que serviam no jantar.

Ninguém me tomou por louco, mas por ímpio. E foi como ímpio que trataram de providenciar a minha alta, antes que eu fizesse piores estragos. Mesmo assim tive de ser cúmplice dos médicos, que me obrigaram a testes para me considerarem em condições de ir embora. Mandei-os à puta que pariu — e mandei-os bem.

Em troca, eles me mandaram para a rua.

VI

Saí do hospital em começos de dezembro. Ficara quase dois meses jogado ali, aturando a curiosidade das freiras e a má vontade dos médicos. Afinal, deram-me alta, ou melhor, eu mesmo me dei alta: provei que podia andar quase normalmente, o que me custou algum sacrifício. De qualquer forma, os pontos estavam cicatrizados, não haveria risco nenhum. No fundo, a minha vontade coincidia com a do hospital, ninguém fez força para me reter.

Na véspera, pedi que me arranjassem um pedaço de jornal e com ele embrulhei o vidro de compota. Pela manhã, duas ou três freiras vieram se despedir — o que era uma hipocrisia a mais: na verdade, elas vinham olhar mais uma vez o meu pau. Ficaram frustradas quando o encontraram embrulhado.

Deixei o hospital com a mesma roupa com a qual fora atropelado, o vidro de compota debaixo do braço. O terno estava razoavelmente limpo, pois apesar da violência do choque, pouco se rasgara. A sujeira não era muita, apesar das manchas de sangue. Com o tempo, não pareciam sangue, mas café. Eu entornara um bule de café nas costas e nas calças — nada mais do que isso. Meu aspecto não devia ser agradável, mas ainda não chegava a ser repugnante.

Andava mal. O esparadrapo fora retirado há duas semanas, eu sentia uma falta desgraçada dos meus colhões. O pau não me preocupava: na verdade, ninguém sente o pau, ele não existe quando permanece em repouso. Já os colhões, embora não pareçam, são mais importantes. A ausência deles dá a sensação de um buraco, como quando se extrai um dente. A impressão é que havia uma brecha do tamanho de um mamão embaixo da minha barriga.

Não sei que relação existe entre os bagos e o equilíbrio do corpo. O fato é que precisava fazer esforço para manter-me em pé, sem quedas e vacilações. Como um bêbado, eu me esforçava para não cair pelas tabelas.

Por tudo isso, e por suplementar cautela, andava devagar, as pernas abertas, concentradas na tarefa de ir avante, e se possível em linha reta. E, se possível ainda, para algum lugar. Conheci um cidadão que havia sido operado das hemorroidas, ele também andava assim, só que um pouco de lado. Não era o meu caso.

Meu corpo estava projetado para a frente, como se tivesse necessidade de proteger uma coisa que não existia. Além do mais, eu estava preocupado em segurar o meu embrulho, com medo de que ele caísse e se partisse. Acredito que não cheguei a fazer nenhum juramento a esse respeito, mas era como se um pacto começasse a funcionar: eu não poderia, jamais, me separar daquilo.

Fui para casa.

A minha casa era um quarto num velho sobrado da rua do Catete. Um pardieiro caindo aos pedaços, ao qual se subia por uma escada em farrapos. Na porta de baixo, rente à rua, funcionava um engraxate, com sua cadeira elevada, parecendo uma privada comprida, feita de madeira.

Era um prédio característico do bairro e da rua. Embaixo, uma loja de móveis usados. Em cima, quartos separados por tabiques de madeira. Ali funcionavam: um fazedor de chaves, uma loja que consertava ferros de engomar, um camarada que trocava colarinhos puídos, um protético homossexual e dois ou três quartos avulsos, alugados a cavalheiros de fino trato — segundo exigência da locatária.

Eu era um dos cavalheiros de fino trato, pois pagava mais ou menos em dia o meu aluguel e não levava putas para dormir comigo.

Foi com dificuldade que subi as escadas. Se a sensação do vazio entre as pernas era grande quando caminhava, na hora de subir tornava-se pior. Antes suspeitava, agora tinha a certeza: os colhões desempenham importante função no equilíbrio do corpo. Sem eles, eu parecia gravitar em torno de mim mesmo, toda vez que levantava uma perna. Por alguns segundos, eu me libertava da lei de gravidade, o que era grave: isso significava, trocado em miúdos, que por várias vezes quase rolei pelas escadas. Consegui agarrar-me ao corrimão. E cheguei intacto — em termos — ao andar de cima.

Encontrei a porta do meu quarto fechada. Fiz um gesto involuntário, como se procurasse as chaves no bolso, logo percebi que seria inútil. Na confusão do acidente, depois dos meses de hospital, elas poderiam estar em qualquer parte, menos em meus bolsos.

Nem tive tempo de imprecar contra o azar: o vizinho do lado — justamente o protético — apareceu no corredor e avisou-me que o quarto estava alugado a outro cavalheiro de fino trato, um lituano que vendia baralhos pornográficos.

Proferi alguns palavrões desnecessários, pois o protético não tinha culpa naquilo, embora, no fundo, eu soubesse que ele estava satisfeito com a minha desgraça. Não me perguntou onde eu tinha andado, nem estranhou o meu modo de caminhar. Também nada lhe informei, não só porque não é do meu hábito dar informações, como também por se tratar de um protético: não era tempo, ainda, de pensar numa prótese para substituir o pau. E mesmo que fosse tempo, não seria adequado. Afinal, dentes são muitos, pica é como mãe: só se tem uma.

Procurei pela locatária, que morava num dos quartos dos fundos. Ela me recebeu com desprezo: eu passara dois meses fora, sem dar notícias nem satisfações. Devia-lhe já outros dois meses e só poderia retirar as minhas coisas se pagasse tudo, até o último centavo, inclusive uma conta de luz extra, no dia do acidente esquecera uma lâmpada acesa.

A mulher estava furiosa — o que era um fato banal em sua vida — e ficou mais furiosa quando constatou que eu estava sem um tostão.

— Vou vender as suas roupas e tudo o que o senhor deixou! Não estou aqui para sustentar vagabundos!

Olhou com alguma esperança para o embrulho de minha compota, sondando a hipótese de ali haver alguma coisa de valor. Como fui o primeiro a reconhecer a própria miserabilidade, pedi que ao menos me deixasse mudar de roupa, pois estava sujo e rasgado. Ela exigia:

— Primeiro pague!

Não adiantava insistir. Nem apelar para a solidariedade dos demais vizinhos. Consegui ver, por cima do ombro da mulher, os meus trecos jogados num canto de seu quarto. Eram duas malas pequenas e velhas, um cinzeiro, um pequenino abajur de cabeceira, um guarda-chuva, algumas peças de cama, cuecas, um par de sapatos que não coubera nas malas, e um quadro que inexplicavelmente me acompanha há tempos: umas andorinhas voando em cima de uns telhados.

Não sei como me tornei proprietário daquela obra de arte. O fato é que havia anos que o quadro me acompanhava, e, por alguma obscura razão que nunca pesquisei, sempre o levava comigo em minhas mudanças. Era um quadro inútil, pois nunca o pendurara em parede alguma — na verdade, nunca tive uma parede que pudesse chamar de minha —, e o seu natural destino era ficar embaixo da cama.

Apesar dessa inutilidade, tentei negociar ao menos o quadro — mas ela fechou a cara e a questão. Nada. Só poderia levar qualquer coisa depois de pagar os meses em atraso. Afinal, desanimei da barganha. Já tinha um embrulho para carregar. Acrescentar um quadro de andorinhas ao quadro de minhas desgraças seria mais do que uma extravagância. Seria um pleonasmo.

Virei as costas e fui embora. Percebia que a velha continuava a olhar para o meu embrulho, como se fosse um bem que lhe devia pertencer por direito, tal como as minhas malas, minhas roupas e meu quadro. Creio que ela chegou a fazer um gesto para arrancá-lo de minhas mãos. Eu era um devedor e tudo o que me pertencia devia pertencer, primeiro, a ela.

Desci as escadas — e só então avaliei a falta que os colhões fazem a um homem. Tive de me agarrar ao corrimão, como um afogado, mesmo assim quase desabei. Comecei a suar frio, a cabeça rodava, senti cólicas. Estava fraco: a alimentação do hospital era metafórica, os caldos que nos serviam não passavam de água fervida, o único alimento que poderia causar algum efeito — o chá — eu recusara tomar.

Apesar da vertigem, consegui chegar à rua. O engraxate, que estava ocupado com um freguês quando eu subira, só então reparou em mim. Olhou instintivamente para os meus sapatos, num explicável cacoete profissional. Perguntou se eu desejava limpá-los. Respondi que não, me sentiria mais ridículo com os sapatos engraxados. Ele deve ter percebido que eu caminhava devagar, as pernas abertas, arrastando. Mas não fez comentários. Fiquei-lhe grato por isso.

Tratei de andar o suficiente para me livrar daquela rua. Quando atingi a primeira transversal, parei e me encostei num poste. Decididamente, eu esperara tudo, agora que não tinha colhões nem pau, mas não ficar sem teto e sem nada. Procurei nos bolsos o dinheiro que me restara — os policiais que me atenderam na hora do acidente fizeram o milagre de guardar os poucos trocados num envelope lacrado, que me devolveram à saída do hospital. Catei o que havia: algumas cédulas, uns papéis com endereços que de nada me serviriam, uma caixa de fósforos com nove palitos — fiz questão de contá-los. Joguei fora os fósforos, com receio de gastar o pouco que tinha em cigarros.

Durante os dias de hospital, não me preocupara com o dinheiro: quando fora atropelado, tinha alguma coisa ainda, restos de um biscate que arranjara, fazendo revisões de originais num jornal que estava para falir. É possível que as freiras do hospital tivessem tirado algum, por conta das despesas. Como eu fora tratado como indigente, deixaram-me alguma coisa para enfrentar a minha nova vida.

E, então, o deslumbramento: afastei o corpo do poste e vi como se vê uma paisagem — um quadro de andorinhas e telhados — que não tinha lugar nenhum para ir. Isso já me acontecera algumas vezes, mas nunca com tanta nitidez. Antes, havia alternativas. Agora, o mundo inteiro era meu e nada era meu. Nem mesmo os itinerários. Para qualquer canto que eu fosse, daria na mesma. E minha condição de mutilado não era o mais grave como acréscimo à miséria de minha liberdade.

Como não tinha para onde ir, resolvi ir para um lugar qualquer. Decidi que o melhor seria o centro da cidade. Talvez encontrasse um conhecido, ou me acontecesse alguma coisa. Quem sabe, um novo acidente. Eu já perdera pedaços de minha vida e do meu corpo, pouco me fazia perder agora o baço ou o pâncreas. E mais dois meses de hospital me dariam uma cama e um caldo duas vezes por dia, desde que conseguisse manter-me alerta para evitar o chá mensal e noturno.

Caminhei devagar, nem fazia sentido caminhar depressa, mesmo que pudesse. Cheguei ao centro da cidade sem sentir vertigens. Tive fome, comprei um sanduíche de queijo, tomei café com leite. Coloquei em cima do balcão o vidro de compota, o garçom que me servia não gostou da intimidade:

— Bote o embrulho no chão.

Obedeci, passivamente, não valia a pena discutir. E, talvez fosse melhor assim, o garçom ou outro qualquer freguês poderia dar um esbarrão no vidro e eu me sentiria desgraçado se me visse de quatro, catando o pau esparramado pelo chão de um botequim.

Mal saí do bar, não cheguei a dar dois passos na calçada. Um bando de rapazes corria pelas ruas, dando gritos incompreensíveis. Sem que pudesse fazer qualquer coisa — a única coisa que podia fazer era tentar voltar ao botequim —, fui empurrado por uma porção de gente. Só então percebi o motivo da correria: atrás daquele bando vinha outro, este de policiais, armados como se estivessem em guerra — coisa, aliás, que via pela primeira vez, pois nunca vira guerra nenhuma.

O pau comeu feio e grosso, enquanto eu me concentrava num único esforço: proteger o meu pau do pau. O que não consegui por muito tempo: o bando de rapazes passou como uma onda, e atrás dele vieram os policiais, e depois a cavalaria.

Eu já estava no chão, curvado sobre mim mesmo, protegendo com o corpo a minha carga de vidro e álcool. Pensei que o pior já havia passado e tentei levantar-me. No justo instante em que um soldado, de cima do cavalo, deu-me uma pancada com a coronha de seu fuzil. Ele tentara me atingir a cabeça, mas um movimento do cavalo o travou: a coronhada em cima do ombro foi violenta para a minha resistência. Desabei novamente e, desta vez, não consegui proteger o vidro: caiu e se espatifou.

Outros cavalos passavam e eu fiquei inerme, como convinha à minha situação. Quando levantei a cabeça, vi numa poça cor de iodo — o álcool havia adquirido uma cor escura —, mole como uma lesma, o meu pau. Por sorte, ninguém pisara nele.

De quatro, arrastando-me com cuidado para não me ferir nos estilhaços de vidro, apanhei Herodes. Não me dei ao trabalho de examiná-lo, nem havia tempo para isso. Outra vez o bando de rapazes corria, agora em sentido contrário, e, atrás dele, em mistura com os cavalos, vinham algumas viaturas da polícia, com as sirenes ligadas. Abaixei-me, protegendo com o peito a minha carga. Levei pisadelas, mas nenhum cavalo passou por cima de mim. O que foi uma vitória.

Dei tempo ao tempo para levantar-me. A rua ficara deserta. Eu era o único tombado. Sentia dores em diversas partes do corpo, mas estava satisfeito: continuava vivo, íntegro à minha maneira.

Meu pau pulara da mão — era um pouco embaraçoso segurá-lo — e caíra um pouco distante de mim. Foi então que apareceram algumas pessoas, tentando me auxiliar. Suspenderam-me, com cuidado. Mesmo assim gritei:

— Não pisem! Não pisem!

A brutalidade do pedido provocou curiosidade. Todos olharam, mas ninguém suspeitou que aquilo era um pau de homem. Parecia um bicho informe, um pedaço de carne mal cozida. O momento não era oportuno, mesmo assim recordei uma comédia que vira num teatro da praça Tiradentes: uma viúva guardara o pau do marido num aquário de vidro. Um dia, o aquário partiu-se e o pau começou a pular pelo chão, como um verme vivo. A viúva arregaçou as saias, ficou de cócoras acompanhando os pulos do pau pelo chão e pedindo, aos gritos:

— É aqui! É aqui!

A lembrança, embora imprópria, foi a única que me veio. Agradeci o auxílio daqueles que me levantaram, apanhei Herodes e coloquei-o no bolso, como se fosse um maço de cigarros.

— Obrigado. Obrigado.

Nova correria começou. Da esquina, surgiram pessoas gritando:

— Assassinos! Assassinos!

As pessoas que haviam me socorrido trataram de correr. E correr era tudo o que eu não podia. Mesmo assim, encostei-me à parede de uma loja e deixei que todos passassem. Desta vez, houve um intervalo entre a passagem dos rapazes e a da polícia. Aproveitei a pausa e consegui voltar ao botequim, que tratava de fechar as portas um pouco tardiamente, já havia sido depredado o bastante. Lá dentro, entendi em parte o que acontecia: os estudantes protestavam contra a polícia e a polícia protestava contra os estudantes — um jogo de cão e gato que não me interessava e do qual não pretendia participar, nem mesmo como espectador.

Permaneci no bar o tempo necessário para que os ânimos, lá fora, se acalmassem. Meia hora depois, parecia que nada havia acontecido. Nenhum morto, nenhum ferido, ao menos naquele trecho da rua. Saí do bar e vi na calçada a mancha que o vidro de compota abrira na carne de cimento. Estava maior agora, pois um dos cavalos da polícia urinara perto e as duas manchas se misturavam, formando um pequeno lago, cujo contorno parecia com o mapa da América do Sul.

Fiquei satisfeito com o acidente. Tinha agora uma missão prioritária: arranjar outro vidro que abrigasse o pau. Não podia ficar com ele no bolso, indefinidamente. O diabo é que o dinheiro era curto, mas eu seria incapaz de fazer uma desfeita dessas ao meu caralho, carregando-o nos bolsos, como um charuto molhado.

Entrei na primeira confeitaria que encontrei e pedi uma compota de pêssego em vidro. Não havia. Só em lata. Considerei indigno botar o pau numa lata. Além de indigno, perigoso: ele podia apodrecer lá dentro.

Havia outros vidros, mas de feitios impróprios. O homem me ofereceu uma compota de abacaxi, mas o vidro era quadrado e não me agradou. Fui a outra confeitaria e depois a outra, até que encontrei um vidro exatamente igual. Gemi na hora de pagar. Minhas possibilidades eram incertas e eu não devia estar gastando à toa. Mas o pau merecia um túmulo de almirante batavo. Se não tinha feito antes, fiz naquela hora o juramento formal de não me separar jamais do meu troféu, da minha modesta, mutilada glória. Seria agora a razão de minha vida, embora eu não precisasse de nenhuma razão para continuar vivendo, pois vivera sempre sem nenhuma razão.

Fui ao banheiro da confeitaria e despejei a compota na latrina. Eram belos os pêssegos, espremidos contra o vidro, imersos na calda dourada. Ficaram boiando no fundo do vaso e precisei dar várias descargas para que resolvessem descer. Na minúscula pia do banheiro lavei o vidro e coloquei o pau dentro. Estava úmido, cheirava a urina de cavalo. Guardei a tampa, para posterior aproveitamento.

A seguinte providência foi procurar uma farmácia, onde comprei álcool e iodo. O farmacêutico arregalou os olhos quando viu o que eu estava fazendo.

— É um apêndice?

— É.

— Grande, hein?

— Estava supurado.

Pedi um esparadrapo e fechei cuidadosamente a tampa. Creio que o próprio Herodes gostou da mudança. Quando o mergulhei na nova mistura, ele parecia um peixe que ganha aquário novo, maior e mais limpo. Inchou e ficou mais comprido. Isso me deu alegria, como se eu tivesse feito uma boa ação, ou me enobrecido pelo fato de dispensar ao meu pau um bom tratamento.

Herodes, agora, era mais do que uma relíquia ou um amuleto. Era também um fato histórico. Daí por diante, ele e eu inaugurávamos um ciclo. Era mais meu, agora, do que antes. Dependia de mim, e eu o trataria como um pássaro — um pássaro ferido e importante, um pássaro do qual foram arrancados os olhos e as asas, mas que se obstinava em viver e ser meu.

VII

Não havia reparado que o dia estava acabando. Muita gente andava pelas ruas, em busca dos ônibus. Alguns letreiros se acendiam, apesar de ser verão e de ainda haver claridade. O meu problema era simples: não tinha onde passar a noite. Precisava, agora que Herodes estava instalado, arranjar algum canto onde pudesse dormir. Já passara por maus momentos na vida, mas nunca me vira em situação tão deplorável. Sim, tinha algum dinheiro no bolso. Se encontrasse uma hospedaria barata poderia resolver o problema mais imediato.

Andava desinformado. Houve tempo em que conhecia alguns hotéis surrapas, lá para as bandas da Central, mas a maioria deles fora demolida e os que restavam receberam melhoramentos, mudaram de nível, tornaram-se inacessíveis para mim. O jeito era procurar, como um forasteiro que acabasse de chegar a uma cidade desconhecida. E os meus recursos eram poucos: além do dinheiro curto e do aleijão entre as pernas, estava com o corpo moído de pancadas.

Não gosto de pedir informações. Quando preciso ir ao mictório, entro num bar e me guio pela série de detalhes que me conduzem fatalmente às latrinas. Limpas ou fedorentas, escancaradas ou clandestinas, o fato é que sempre chego lá, dispensando o humilhante pedido de esclarecimentos.

Não é só pelo cheiro — pois embora pareça incrível, há privadas limpas. E — como já disse — há uma abundância de pormenores que me dirigem sem margem de erro aos mictórios do mundo.

Fazendo uso desta extravagante capacidade, comecei a andar pelas ruas do Centro. Quando parei, estava na rua da Constituição, embaixo de um globo luminoso onde havia a indicação em letras azuis e vermelhas:

HOSPEDARIA GONÇALVES
Rigorosamente familiar

Cinquenta metros adiante, já na praça da República, havia as grades do Campo de Santana. A rua era barulhenta, mas eu não podia escolher muito. Subi o patamar de cinco ou seis degraus e enfrentei um homem suado, em mangas de camisa.

Não se chamava Gonçalves, conforme licitamente eu poderia supor, mas Fernandes. Era o dono — explicou-me — e gerente, polícia e mordomo de sua hospedaria. Cobrava pouco: um cruzeiro por noite. Ele reconhecia que o conforto não era muito, nem a segurança. Havia roubos, se eu tivesse algum objeto de valor, seria melhor deixá-lo em outro canto, ou procurar outro canto melhor para mim.

Eu não tinha nada de valor, exceto o vidro de compota. Dele não me separaria. Fiz um gesto no sentido do bolso:

— Não. Não precisa pagar agora. Ainda não abri a hospedaria.

— A que horas abre?

— Às oito. E fecha às seis da manhã.

Era um homem de poucas palavras e muito suor. Olhando para ele, sentia-se mais calor. Em outras circunstâncias, eu teria pedido para subir, a fim de ver as acomodações. Mas tanto me importava agora. E por aquele preço não podia exigir nem convinha esperar muita coisa.

— Bom, então volto mais tarde.

O homem deixou que eu me afastasse, mas quando viu que atingia a rua, sem saber para onde ir, avisou:

— Tem fila.

— O quê?

— Tem fila. Lá no Campo de Santana. A sala só cabe quarenta pessoas. Se deixar para vir em cima da hora, pode ficar na rua.

Agradeci a informação com um movimento do braço que tanto podia significar "obrigado" ou "vá para o inferno". Segui para o Campo de Santana. De longe, divisei a fila. Era mais um aglomerado de mendigos, embora, vistos de perto, não parecessem tão mendigos assim. Havia uns 15 ou vinte homens, impossível contá-los, pois não faziam fila regular, como as donas de casa diante dos açougues ou os soldados numa parada. E pareciam conhecer-se entre si, pois havia relativa intimidade entre todos.

Aproximei-me e fui aceito: ninguém me deu importância. Alguns estavam realmente na miséria total, mas outros conservavam alguma dignidade, tal como eu, que devo ter parecido importante porque era o único que trazia um embrulho.

Dispensei-me de cumprimentá-los. Reclinei-me na amurada de pedra que sustenta o jardim e esperei pelos acontecimentos, ou seja, pelas oito horas. Não sentia fome e, mesmo que sentisse, não poderia gastar o dinheiro que me restava. Para passar o tempo, e não pensar no estômago, dediquei-me a observar os companheiros de noite.

Havia divisões de grupos no aglomerado de candidatos à Hospedaria Gonçalves. Numa das pontas daquele monte de gente, quatro camaradas discutiam um assunto que parecia antigo entre eles. Prestei atenção e fiquei sabendo que não chegavam a um acordo sobre o assassinato de um crioulo, em Campos, por ocasião de uma festa do santo padroeiro local.

O assunto não me interessava. Um deles falava, com certo entusiasmo, e os demais ouviam em silêncio, mas sem concordar. Havia um cheiro de cachaça que parecia vir de todos eles, mas vinha apenas de um ou dois que estavam realmente embriagados. Afastado do grupo, quase não fazendo parte do bolo, um velho razoavelmente bem-vestido se distraía com os passarinhos que começavam a se recolher às árvores do Campo.

O conjunto maior era formado por uns nove ou dez homens que rodeavam um sujeito de meia altura, chapéu em frangalhos, barba de vários dias, e que parecia o mais importante de todos. Lia ele, em voz alta, um jornal amarrotado, velho de uma ou duas semanas. Todos o ouviam com atenção — quase com respeito — e eu cheguei mais perto para ouvir também.

— Café — Rio — O mercado de café disponível continuou ontem sustentado com o tipo 7, safra de 1968-1969, mantendo-se o preço de 16 cruzeiros por quilo. Fechou firme. Açúcar — Rio — Mercado firme e inalterado, tendo chegado 7.633 sacas do estado do Rio e seiscentas de São Paulo. Foram embarcadas dez mil sacas, ficando em estoque 4.073 sacas. Cereais — Londres — Na temporada deverá ocorrer uma sensível redução nas reservas mundiais de cereais forrageiros, segundo previsão do último boletim da Secretaria da Comunidade Britânica, ontem divulgado. A publicação prevê que a colheita da cevada diminuirá no Hemisfério Norte de 2% a 3%, devido à onda de frio da primavera e à seca do verão. Juta — Nova York — Cotações da Bolsa de Nova York: Pak Tossa A — 17,80. Pak Tossa AA — 17,10. Pak Tossa White B — 16,95.

A voz do homem era monótona, pronunciava com solenidade as palavras e as cifras, não tropeçava nas vírgulas. Os outros escutavam, como se escuta um sermão na igreja: em silêncio, mas sem entrar no mérito.

Percebi que dois sujeitos atravessavam a rua e vinham em nossa direção. Eram mais dois companheiros de noite. Tão logo se juntaram, tornou-se impossível distingui-los, pois eram em tudo semelhantes a nós todos.

Os homens que discutiam sobre o assassinato em Campos mudaram de assunto: agora falavam sobre um jogo de futebol, em Macaé, jogo interrompido por pancadarias e facadas. A turma que ficava em silêncio aumentara, pois alguns se desinteressaram do homem que continuava lendo o jornal. Mesmo assim, a sua voz continuava, monótona, sem emoção, mas sem desvanecimentos:

— Não podemos consentir que a política cambial permaneça nos moldes ultrapassados dos tempos do Império. Urge clamar por um saneamento radical de nosso produto bruto, antes que os remanejamentos da Bolsa Internacional percutam, com danosas consequências, sobre as nossas disponibilidades em moeda-ouro. Sabe-se que a anunciada portaria que o Ministério da Fazenda pretende baixar, dentro dos próximos dias, procura coibir alguns abusos do nosso mercado de capitais, mas a época não tolerará paliativos dessa natureza. O superávit de nosso programa anti-inflacionário deixou profundas lacunas nos disponíveis de nossas empresas e no capital privado...

De repente, sem que ninguém avisasse, todos começaram a caminhar em direção da hospedaria. Éramos, então, umas trinta ou quarenta pessoas. Impossível contarmo-nos, uns aos outros. Coloquei-me no meio do bolo e fui enfrentar mais uma vez o suor e o peito cabeludo do dono. Paguei a minha cota e subi. Já adquirira um certo treino ao subir as escadas. Não sentia dor, mas também não podia andar depressa, tinha de me escorar na parede, para não perder o equilíbrio. Com isso, alguns sujeitos passaram à minha frente, mas eu não me incomodei: tendo pagado lá embaixo o direito à noite, sentia-me garantido.

Não cheguei a ter uma decepção, mas esperava coisa melhor, pelo menos, não miserável. O alojamento limitava-se a um salão quadrado, com um banco encostado ao longo das paredes. O centro era livre. Eu pensara em camas, imaginara camas, esperava camas, mas ali não havia camas nem qualquer indício de que seriam providenciadas.

Acompanhei o rebanho sem fazer perguntas nem reclamações, mesmo porque ninguém perguntava nem reclamava nada. À medida que chegávamos, íamos sentando no imenso e único banco que rodeava as paredes.

Parecia a sala de espera de uma estação ferroviária do interior. Com a sucessiva entrada de mais gente, aos poucos fomos nos espremendo uns contra os outros, até que surgiu o seu Fernandes. Repetindo o ritual que devia ser o mesmo de todas as noites, foi num dos cantos e apanhou uma corda suja e puída. Passou uma das pontas por uma argola sustentada num pedaço de ferro cravado no assoalho. Esticou a corda e passou a mesma ponta por outra argola em outro canto, e assim armou uma espécie de ringue em frente aos bancos. Ficava a uns trinta centímetros de nossa cara e foi então que compreendi o seu funcionamento.

Tão logo seu Fernandes amarrou a corda na última argola, todos se curvaram e nela apoiaram os braços e a cabeça. No início, a coisa balançou muito, até que todos se ajeitassem. Logo se fixou: a maior parte começou a dormir. Os poucos que resistiam ao sono não se sentiam à vontade para mexer a cabeça.

O cheiro de cachaça e urina era forte, mas o pior eram os roncos. Coloquei o vidro de compota entre as pernas, apertei-as o mais que pude — não podia apertar muito pois tinha a sensação de estar esmigalhando ausentes colhões — e tratei de imitar os outros.

Em condições normais, jamais conseguiria dormir naquela posição. Mas sem pau e sem colhões eu ficava em estado de permanente anormalidade. Para ser exato: minha anormalidade começara a ser normal. E estava cansado. Caí numa sonolência que não era sono mas parecia. Por pouco tempo: um sujeito teve pesadelo e sacudiu a cabeça com aflição — o que fez a corda balançar e balançar todas as cabeças. Apesar disso, a maior parte do pessoal continuou ferrada. Eu levei um tempo para dormir outra vez, e só o consegui quase ao romper do dia.

Acordei no chão. De início, pensei que havia caído durante o sono, mas todos estavam igualmente no chão. Seu Fernandes batia palmas com veemência, para acordar os recalcitrantes. Apesar do tombo, os fregueses mais habituados à Hospedaria Gonçalves se arrumavam como podiam e ferravam novamente no sono. Eram despertados com pontapés, alguns dados pelo próprio Fernandes, outros pelos que haviam acordado e achavam um desaforo que os mais folgados continuassem dormindo.

Custei a entender como se processara a hecatombe. Só a entendi quando seu Fernandes começou a recolher a corda. Ele desamarrara uma das pontas, foi todo mundo para o chão.

Meu primeiro cuidado: verificar se o vidro não tinha se quebrado. Por sorte, conseguira prendê-lo tão bem entre as pernas que o choque não lhe causara dano. Estava intacto. Mas uma dor violenta entre as minhas coxas trouxe-me à realidade. O tombo podia ter me machucado.

Levantei-me com dificuldade e procurei o mictório, que logo adivinhei ser inexistente ali. O pessoal urinava no imenso balde colocado pelo seu Fernandes num dos cantos. Quando me aproximei, o balde já estava cheio. Como todos continuavam a mijar, mijaria também. Pensei que fosse causar perplexidade, mas ninguém se incomodou com o meu tubinho de matéria plástica. Desabotoei as calças o suficiente para que a ponta da torneirinha ficasse livre. Não iria mostrar meus inexistentes colhões àquela gente. O mijo já entornava pelas bordas do balde. E resolvi mijar logo no chão. Pareceu-me mais higiênico.

Seu Fernandes esbravejava (porcos! vagabundos!) mas ninguém se incomodava com a esculhambação, fazia parte da rotina da hospedaria e da vida de todos. Tampouco com a cena que se seguiu: cinco ou seis continuavam dormindo no chão, como se nada houvesse acontecido. Seu Fernandes foi chutando um a um, até conseguir botá-los em pé.

— Desçam! Desçam já, seus filhos da puta, que eu tenho de limpar esta porcaria!

Foi então que percebi: alguma coisa sangrava entre as minhas pernas. Talvez tivesse arrebentado algum ponto. Senti também uma fraqueza súbita. Alagado de suor, a vista embaciada, consegui chegar à rua. Meus companheiros de noite seguiam apressados, cada qual em busca de seu destino — embora não tivessem destino algum. Eu resvalei pelas paredes, procurando apoio para não cair. Havia um botequim logo adiante e entrei. Guiado pelo instinto, cheguei ao mictório, que estava ocupado. Esperei um bocado pois o sujeito lá dentro devia sofrer de prisão de ventre. Quando saiu, reconheci nele um dos fregueses da Hospedaria Gonçalves.

Foi necessária alguma coragem para ali entrar. Arriei as calças e fiz um exame sumário da situação. Não, não arrebentara ponto algum! O filete de sangue provinha de uma ferida lateral, quase na virilha. Coisa sem importância. Por sorte, as calças não estavam sujas naquele lugar. Seria abominável andar pelas ruas com as calças ensanguentadas.

Aproveitei estar num botequim e tomei um copo de leite quente, com dois pães e manteiga. Aquilo deveria manter-me de pé até a noite, desde que evitasse cometer extravagâncias. Mas que extravagâncias poderia cometer?

No meio da rua, parei um instante e decidi pesquisar o Campo de Santana, embora não tivesse nenhum interesse nisso. Havia bancos, gratuitos bancos para abrigar meus pensamentos e meu cansado corpo. Foi com alívio que me sentei. Era mais cômodo do que na hospedaria. Se não fosse a polícia — que poderia prender-me por vagabundagem —, seria mais prático e barato se pudesse dormir ali, durante a noite.

Coloquei o vidro de compota ao lado, desabotoei os sapatos e tive um momento de paz. Sim, precisava de um mínimo de paz para pensar em alguma coisa. Alguma coisa importante, ao menos para mim: o meu destino. Se fosse um contemplativo, poderia me contentar com a paisagem: o dia começava. Lá longe, a avenida Presidente Vargas já estava engarrafada pelo trânsito de todas as manhãs. Pelas alamedas do parque passavam os suburbanos que haviam deixado a Central e cortavam caminho, em busca do Centro. Em bancos próximos, outros vagabundos chegavam e se acomodavam, como se ali fossem passar o resto do dia, o que, ao menos em intenção, era justamente o que eu devia fazer.

Tinha de tomar uma decisão. Até então, meu único propósito fora mais ou menos estúpido: não me separar do vidro de compota, continuar com Herodes grudado ao corpo, embora em condições adversas. Fiz novo inventário dos meus bens e descobri que, gastando o pouco que gastara naquelas primeiras horas de minha saída do hospital, teria um mínimo de pão e um mínimo de sono por apenas quatro ou cinco dias.

Era pouco e não era tudo: eu precisava dormir, dormir mesmo, na horizontal, como as putas dormem — e os banqueiros, o papa, os generais. Sentia-me fraco, a ferida me incomodava. Cheguei à conclusão de que a tarefa mais urgente seria arranjar dinheiro. Não estava em situação de procurar emprego: ninguém daria nada por um sujeito no escrachante estado em que me encontrava.

A ideia veio de repente: botar o pau no prego.

VIII

Era um bem como outro qualquer. Há quem empenhe relógios, anéis, canetas, máquinas de costura, sapatos. Eu não tinha nada disso para empenhar, mas explicando a situação, revelando o meu pacto de nunca me separar dele, talvez encontrasse alguém que estipularia um valor para aquilo.

E eu teria dinheiro para retirar minhas coisas do quarto. Melhor vestido, limpo, poderia arranjar um emprego humilde que me desse pão e teto. De mais não precisava.

Havia muito que não frequentava as casas de penhor, não por andar com muito dinheiro, mas por não ter mais nada o que empenhar. Agora tinha. O problema resumia-se em convencer os funcionários da Caixa Econômica de que Herodes era um valor como outro qualquer, para mim muito mais precioso do que um relógio, um par de abotoaduras de ouro.

Descansei mais um pouco — eu sabia que as casas de penhor só abrem lá pelo meio-dia, mas antes disso comecei a caminhar. Lembrava-me de que havia uma agência que aceitava tudo, cobertores, toalhas de banho, gaiolas de passarinho, máquinas de moer carne, e até cachorros. Era na praça da Bandeira. Uma boa distância, quase impossível para o meu estado. Mesmo assim, procurando sempre o lado da sombra, e andando o mais devagar que podia, cheguei lá por volta das duas da tarde.

Para iniciar, o desapontamento: haviam reformado a velha agência que eu conhecera em outros tempos. Ali estava um edifício monumental, cheio de mármores e metais. Ar-refrigerado e elevadores. Perdi-me naquele mundo mas logo me indicaram o setor que devia me atender: bastava o meu aspecto miserável para revelar que eu estava destinado ao balcão dos desesperados.

Lá em cima, realmente, era a escória. Gente quase igual aos companheiros de hospedaria. Mas se alguém procurasse o mais miserável, facilmente chegaria a mim.

Acerquei-me do balcão e esperei que me atendessem.

— O senhor?

Um homem baixinho, de óculos, olhava para as minhas mãos.

— Vim trazer isso — expliquei, e mostrei o embrulho que havia colocado em cima do balcão.

— O que é isso?

— Custa um pouco explicar. É um bem valioso. Prometi nunca me separar dele, mas a vida ficou difícil. Além do mais, se eu deixá-lo em penhor, receberei uma cautela da agência, um papel oficial, assinado por autoridades da Caixa, será o testemunho de que não me separei dele, continuará sendo meu. Quando as coisas melhorarem virei buscá-lo. Não posso me separar dele. Fiz um pacto...

— Aqui não é um depósito de objetos pessoais. Nós não podemos...

— Sei, sei, eu só queria deixar claro que o objeto é de estimação. Eu virei buscá-lo de qualquer maneira... não tenham medo pelo dinheiro que me emprestarem...

— Mas o que é, afinal?

Abaixei a voz e expliquei. O homem me olhou gordamente, através de seus óculos. Por um momento pensou que eu estava doido. Tive de repetir a história, acrescentando-lhe detalhes — e os olhos dele ficaram positivamente gordos, esbugalhados. Após refletir um tempão, constatando que a tarefa apresentava-se acima da sua competência, pediu auxílio ao funcionário que ocupava o guichê ao lado. Ambos me olharam com curiosidade. Somadas as duas incompetências, resolveram procurar as luzes de um superior. Enfiei a cara pelas grades do guichê para ver a reação do gerente. Pela cara dele, dei a causa como perdida.

— O gerente quer ver o negócio.

— Leva. Por favor, tenham cuidado.

O funcionário pegou o embrulho como se fosse um ostensório com a hóstia consagrada. Caminhou com cautela, afinal, aquilo podia explodir, há tempos um camarada empenhara uma bomba-relógio, a caixa-forte foi pelos ares, não restou nada da casa de penhores.

A essa altura, alguns funcionários tinham feito um círculo em volta do gerente, que segurava o meu embrulho avaliando-o pelo peso e consistência. Parece que entraram em conferência, pois logo se retiraram para uma sala e nada mais pude observar. Demoraram uns dez minutos. Quando voltaram, estavam lívidos, quase indignados.

O próprio gerente veio em minha direção:

— O senhor se ponha lá fora! Do contrário, mando chamar um guarda.

— Mas...

— Ponha-se na rua! — Ele levantou a voz e todos olharam primeiro para ele, depois para mim.

— Bem... eu saio... mas devolvam o que é meu.

O funcionário que me atendera surgiu por trás do gerente, segurando o vidro bem distante do próprio corpo, como se aquilo pudesse contaminá-lo. Notei que o embrulho estava rasgado, o jornal que o embrulhava em frangalhos.

— Leve esta porcaria daqui.

— Isto não é porcaria! Está mais limpo do que o seu!

Segurei o vidro de compota e vi uma coisa que me espantou: alguém havia escrito um bilhete nas dobras do papel. A descoberta obrigou-me a mudar de tática.

— Tá certo... desculpe a amolação...

Fui para a rua e desdobrei o papel onde havia qualquer coisa escrita. Era letra de mulher e lá estava o bilhete: *Espere-me às cinco horas, na esquina da rua do Matoso. Eu poderei ajudar. Leve o embrulho.*

Antes isso que nada. Olhei o relógio do hall de entrada: duas e meia. Não tinha nenhum compromisso — e, na disponibilidade em que me encontrava, um encontro qualquer era um acontecimento.

Não quis pensar em mais nada. Quem poderia ou queria me ajudar? Por quê? Para quê? Ora, a vida tinha muitas perguntas. E agora eu nem fazia questão de respostas.

Finquei o pé na esquina da rua do Matoso e esperei.

IX

Antes mesmo das cinco horas, alguém me tocou o braço. Eu esperava uma pessoa que deveria sair pela entrada principal da agência. Levei um susto quando me tocaram. Ela saíra pelos fundos e viera pelo outro lado. Não tive tempo de fugir.

— Sou eu.

Era uma mulher de idade incerta, entre os cinquenta e os sessenta anos. Uma pele clara e lisa no rosto redondo, rosto de freira asseada. Os olhos tinham vida, mas o corpo era deplorável: quase uma anã. E gorda, ainda por cima.

Estava bem-vestida, os pulsos cheios de joias, os dedos cheios de anéis. Era funcionária da Caixa, eu a vira de relance, na hora em que todos se trancaram para examinar o vidro que desejara empenhar. Não sei como arranjara tempo para escrever o bilhete que me mandara no papel rasgado do embrulho.

Ela notou que me assustara. E devia estar habituada a causar má impressão.

— Não se assuste... vamos lá em casa... estarei sozinha... o senhor não tem nada a temer...

Eu ia responder que atravessava uma fase ruim e que nada mais temia. E na situação em que estava, não devia parecer orgulhoso. Nem exigente. Em todo o caso, não ia me meter numa embrulhada sem antes conhecer as intenções dela.

— O que a senhora quer de mim?

— Depois explico. Olhe, eu vou na frente, moro aqui perto... é só me acompanhar...

Deu-me o endereço e sumiu. Eu deveria esperar 15 minutos para segui-la. Ela deixaria aberta a porta de sua casa. Era só empurrar.

E lá fui eu, trôpego, desanimado, suspeitando que daquele mato dificilmente sairia coelho para mim. Não adiantava quebrar a cabeça para saber quais as intenções da mulher. Eu tinha as minhas, que eram objetivas e simples: uma cama, um pouco de comida e de paz. Talvez ela pudesse me dar tudo isso. Mas a troco de quê?

As ruas que desembocam na praça da Bandeira são feias, empoeiradas, com velhas casas em fileiras, grudadas umas nas outras. Para o outro lado — o do estádio — começam a abrir avenidas e trevos, mas a parte antiga é lúgubre, nem cidade nem subúrbio, nem sórdida nem digna, exausta de si mesma.

Foi numa rua dessas que entrei, após os 15 minutos que calculei pelo número de trens que vi passar no viaduto que cruza a praça, no canto que vai dar para São Cristóvão. À média de um trem por minuto, depois de 15 trens achei que os 15 minutos haviam passado e que já era hora.

Conhecia a rua. Terminava quase junto ao Instituto de Educação. Quando era criança, corria uma lenda que nunca me preocupou averiguar: diziam que ali funcionavam diversos puteiros dedicados ao próprio Instituto. No intervalo das aulas, normalistas de 13 a 18 anos prostituíam-se a troco de nada, só pela sacanagem. Diziam também que havia putas profissionais que se vestiam de normalistas, saia azul plissada e blusa branca, para contentar os fregueses.

A casa que a mulher me indicara era como as outras. E, na última hora, duvidei do número: ela dissera 36 ou 33? Sempre me confundi com esses números. Olhei as duas casas, que estavam frente a frente. Pareciam gêmeas. E desabitadas. Como não podia — nem queria — pedir esclarecimentos, resolvi entrar primeiro na 33. O portão estava aberto. Atravessei o minúsculo jardim e empurrei a porta. Estava fechada.

Voltei. Atravessei a rua e fui na 36. O portão também estava aberto, cruzei outro minúsculo jardim, que tinha uma pequena diferença em relação ao anterior: bem ao centro, uma torneira pingava água, como se ali houvesse, há tempos, um pequeno lago no meio das plantas. Empurrei a porta e ela se abriu.

— Fecha! Fecha logo!

A voz era soprada, baixa, mas enérgica.

Sou homem de manias e pavores. Uma de minhas manias, um dos meus pavores, é a voz baixa. Acho que as coisas ou merecem ser ditas e deverão ser ditas — normalmente, no tom habitual de cada um — ou não merecem ser ditas, em voz baixa ou alta dão na mesma.

— Pronto. Aqui estou — respondi, no tom de voz a que estou acostumado.

— Fala baixo! Por favor, fala baixo!

— Mas por quê?

— Os vizinhos.

— Que vizinhos?

— Os vizinhos, ora essa!

— Não sei falar baixo.

O diálogo fora travado contra as sombras daquela sala que eu não saberia dizer se era grande ou pequena. Tudo estava escuro ali. E a voz da velha aumentava a escuridão da sala.

— O que que os vizinhos têm com isso?

A mulher desanimou de explicar. Senti que a sua mão me puxava pelo braço e me levava por um corredor onde havia duas portas laterais. Entramos numa delas. Era um quarto tão escuro quanto a sala. As janelas estavam fechadas, protegidas por uma cortina que parecia de ferro — tão espessa era.

— Por favor, acenda a luz. Não suporto a escuridão — pedi.

Na verdade, nada tenho contra a escuridão. Até a aprecio, em certos momentos. Mas aquilo tudo me fazia mal e eu começava a suar frio. Felizmente, a mulher acendeu uma lâmpada na mesinha de cabeceira e eu pude ver onde me encontrava. E com quem.

Primeiro a mulher: parecia mais velha agora, e mais gorda e mais baixa. Uma anã, realmente. Tinha dois olhos esbugalhados, de asmática. O rosto era incrivelmente liso, parecia ter quarenta anos menos do que o resto do corpo e da alma.

O quarto: era pequeno, cheio de móveis de variados tamanhos e usos. Um espelho oval, um quadro com fotografias antigas, uma imagem de Santa Teresinha do Menino Jesus. Havia também pequenos tapetes ao lado do leito. Uma poltrona estofada de azul. E a cama.

Esta sim, ampla, confortável, macia, maternal. Dela saía um cheiro de alfazema, de coisa limpa, metódica. E isso me agradou.

— Bem — repeti —, estou aqui.

— O senhor demorou!

— Não tenho relógio. Contei os minutos pelos trens.

— Que trens?

— Os trens. Passam no viaduto da praça.

— Moro aqui há trinta anos e nunca reparei que por ali passam trens.

Ela se sentara na poltrona estofada de azul e me olhava, sem pressa, já sem medo. Falava agora no tom de voz normal, confiada na espessura das paredes, portas e cortinas. Mesmo assim, sua voz era baixa por natureza.

— Fique à vontade.

— Estou à vontade. A senhora mora sozinha?

Ela vacilou. Respondeu me corrigindo:

— Estou sozinha.

Fiquei tranquilo. Já me metera em enrascadas, seria ridículo, agora, passar por um vexame de cama, levar uma surra ou ser obrigado a surrar alguém. Não mais pertencia ao rol dos homens que cometem essas coisas. Nem tinha por que entrar numa fria dessas.

Ela percebeu que chegara a hora de botar as cartas na mesa, embora não houvesse mesa, e, sim, uma cama entre nós.

— O senhor está na pior, não?

— Nota-se?

— Quem vai à Caixa penhorar qualquer coisa está sempre na pior. Eu estava na sala quando examinaram o seu... o seu...

— E daí?

— O gerente ficou furioso...

— Eu percebi.

— Houve confusão lá dentro. Ninguém sabia o que era, até que alguém achou parecido... e viram que era mesmo... O senhor é maluco?

— Não. Sou apenas um homem sem pau.

Agora, eu olhava com curiosidade para a mulher. Parecia inteligente, e desinteressada. O interrogatório seria imbecil para ambas as partes e resolvi entrar no assunto.

— Afinal, o que deseja de mim?

Ela olhou com firmeza para o embrulho:

— Deixa eu ver.

— A senhora já viu.

— Na hora... naquela confusão... não pude ver direito... tive de escrever o bilhete sem que os outros notassem...

Então era isso. Ela não tinha visto direito o meu pau e agora queria vê-lo com vagar. A proposta não era absurda, embora obscura. Notei que havia a possibilidade de uma barganha:

— E o que me dá em troca?

— Não posso dar muita coisa... mas o senhor reconhece que está na pior... não sou rica... dou alguma coisa se o senhor concordar...

— Concordar em quê? Em mostrar?

— Vamos por partes. Me dê o embrulho!

Tinha um jeito autoritário de falar e eu lhe entreguei o embrulho, passivamente.

— Cuidado para não quebrar!

Ela o apanhou sem emoção. Arrebentou os frangalhos de papel e segurou com as duas mãos o vidro de compota.

Dentro dele, o pau balançava de um lado para outro, como um verme grosso e embriagado. A mulher tinha, agora, uma expressão estranha no olhar.

— Posso destampar?

— Não. Se tiro a tampa, ele pode apodrecer.

Ela começou a esfregar o vidro no rosto. De repente, como se tivesse um pensamento, pediu:

— Deixa eu ver.

— Ver o quê?

— O buraco que ficou.

Uma docilidade abominável fez com que eu levasse minhas mãos às calças. Parei a tempo de barganhar.

— E o que que eu ganho?

— O que o senhor quer?

— Em primeiro lugar, quero dormir um pouco. Dormir numa cama, estou esbodegado. Depois, quero um pouco de dinheiro.

A mulher parecia, agora, uma funcionária. Apoiou o vidro nas pernas e explicou:

— O senhor pode dormir, se quiser, mas só até as dez horas. Moro com outra pessoa, ex-colega de trabalho que dá aulas no subúrbio. Ela chega às dez horas. Quanto ao dinheiro, já disse, não sou rica mas se o senhor fizer o que eu quero, posso lhe dar trinta cruzeiros.

A quantia era pouca, a cama era boa. Dormir quatro horas num leito macio era uma tentação. Mas eu continuava sem saber o que ela realmente desejava de mim.

— A senhora quer o quê? Não vê que sou um homem sem pau?

Horror! Um clarão me varou a cabeça: ela vai querer que eu a lamba! Bolas, não tinha pensado nesta possibilidade. Nunca fui de lamber vulvas e aquela mulher não merecia outra coisa — nem outra palavra — senão essa: uma vulva! Não sou exigente, já havia feito muita besteira pela vida afora, venderia Cristo por trinta dinheiros mas de jeito algum iria lamber uma vulva de velha pela mesma quantia.

Ela compreendeu que eu hesitava. Resolveu me ajudar:

— Não precisa se assustar. Eu sou virgem. O senhor talvez não acredite, mas... nunca, nunca mesmo, segurei um troço desses...

— Não sabe o que perdeu.

— Desde menina sou obcecada por isso... mas nunca... nunca consegui segurar um... Em criança, aí pelos cinco anos, na casa de meu pai, no interior de Minas... havia um empregado... eu andava atrás dele... fugia de todo mundo para ir atrás dele... quando não havia ninguém perto, pedia que ele me mostrasse... ele... bom, só na primeira vez... ele se assustou, tinha medo que alguém descobrisse... mas um dia me mostrou... Eu gostava de ver aquela coisa sair das calças... ficava só olhando, nunca tive coragem de botar a mão... até que um dia ele pediu... quis me forçar a pegar naquilo... aí eu corri e ameacei contar tudo para meu pai... Tive muito medo... e comecei a sentir prazer com a mão... depois com outras mulheres... eu ficava tranquila, elas não tinham aquilo... Fiquei adulta e feia. Mas não queria morrer sem... o senhor sabe...

— Acho que escolheu mal. Há muita gente por aí que, por trinta cruzeiros, até por menos, mostraria o pau para a senhora. Um pau vivo.

— Não teria coragem de pedir isso a ninguém... só mesmo ao senhor... Sabe como é... eu estou inteira... e o senhor é um mutilado.

A explicação servia. A mulher tinha o direito de ser como bem entendesse. Contudo, eu continuava sem saber qual seria a minha parte naquela história. Dar o meu vidro para sempre? Nunca! Nem por trinta trilhões de cruzeiros! Não devia ser isso: o meu vidro lá estava, pousado em seus joelhos, ela agora parecia não dar importância a ele.

— Bom, a senhora quer ver o buraco que ficou. Só isso?

— Depois eu explico.

Arriei as calças e mostrei a minha chaga. Não estava repugnante, os pentelhos começavam a crescer, tampavam quase toda a cicatriz.

— Tiraram também o saco?

— Também.

— E agora, como é que o senhor vai...

— Eu não vou mais.

— Não é isso. Pergunto como é que o senhor consegue...

— Bem, mijo por aqui.

Mostrei o buraquinho no fim do tubinho de matéria plástica.

— Basta tirar a tampinha. Quando a bexiga está cheia, tenho vontade de urinar, como todo mundo.

Fiz um gesto de que ia suspender as calças mas ela pulou em minha direção.

— Não. Espera. Tira a calça toda.

— Toda?

— Toda.

— Posso deitar?

— Pode.

Tirei as calças, a camisa e os sapatos. Caí na cama e senti um grande alívio. Dos lençóis, vinha um cheiro gostoso que lembrava a minha infância.

Ela não esperava por aquilo, parecia que desejava me ver nu, mas em pé. Apesar disso, não estrilou. Voltou a pegar o vidro e ficou olhando para dentro, profundamente.

Antes, olhara com atenção, como se admirasse um peixe decorativo. Agora não. Olhava seriamente, avaliando. Seu rosto tornou-se pavoroso. Os olhos, que já eram esbugalhados, cresceram para fora, vomitados pelas órbitas. A respiração era medonha, de bicho agonizante.

Perdi a curiosidade de continuar examinando a mulher. A maciez da cama e o cansaço do corpo me adormeceram. Já estava dormindo quando percebi que ela se deitava a meu lado. Agarrada ao vidro, tomava cuidado para não me machucar. Não tirara a roupa, pois se imaginava — e devia ser realmente — um mostrengo.

Segurou a minha mão e guiou-a entre as suas pernas. Tive repugnância quando meus dedos sentiram uma coisa molhada. De tanto se masturbar, de tanto se esfregar em outras mulheres, ela ficara com um sexo descomunal. Sorte minha, a coisa demorou pouco. Ela devia estar muito excitada, gozou logo. Com a boca, parecia querer morder o meu vidro. Resfolegou mais um pouco, com a respiração voltando ao normal. Só então me deixou em paz.

E em paz eu dormi.

X

Fui acordado com um solavanco. Dormira profundamente e levei tempo para saber onde me metera. Creio que sonhava com trens, eu ia a pé, dentro de um túnel, de repente um trem aparecia, a luz forte do farol da locomotiva me cegando. Não sei se o pesadelo dificultou a volta à realidade. Custei a entender onde estava e o que andara fazendo.

A cara da mulher, que também cochilara ao meu lado, ficara mais estranha ainda, parecia um sapo molhado, depois de ter chorado muito. Nunca vi um sapo chorar, nem muito nem pouco, deveria ficar com aquela expressão embrutecida e inútil.

Voltei à realidade porque, bem visível ao pé da cama, lá estava o vidro de compota. Se a mulher não fosse tão nanica, talvez o tivesse quebrado com os pés durante o sono.

E para confirmar que voltara ao mundo, a velha também acordou e falou com uma voz diferente, de quem estava habituada a dar ordens naquela casa e situação:

— Levante. Está na hora. Ela vai chegar.

Eu ainda estava tonto para me incomodar com a chegada de quem quer que fosse, fosse o papa, o dalai-lama, o curador de resíduos. Daria na mesma. Aos poucos, a realidade retornou, e, com ela, a necessidade de ir embora.

— Tome o seu dinheiro.

Ela me estendia as notas e eu fiz uma reflexão que julguei oportuna: enquanto dispusera do pau, nunca recebera um tostão por ele. Pelo contrário, gastara com ele até demais, acima de minhas posses. No entanto, agora que ficara sem pau, vinha uma mulher e me pagava por ele. Naquele momento histórico, eu inaugurava uma nova profissão: a do cafetão castrado.

A mulher pouco se importava com a historicidade do momento. Queria se ver livre de mim — no que coincidia com a minha vontade. Eu também queria dar o fora, não por medo da outra mulher que iria chegar, mas por náusea. Náusea do cheiro de alfazema, náusea daquele quarto abafado, náusea até mesmo daquele colchão macio que me descansara e ao qual eu deveria estar grato.

Isso sem falar na náusea física das mãos, as mesmas que haviam masturbado aquela mulher medonha, com sua medonha vulva. E por cima de tudo a náusea maior, que sempre ficava em mim, depois de tudo.

Botei o dinheiro no bolso e pedi que ela me arranjasse um papel, qualquer papel servia, pois não ficava bem andar pelas ruas com o vidro à mostra. Ela abriu uma gaveta, catou entre roupas e bolsas, surgiu com um papel enfeitado, desses que embrulham presentes de Natal.

Gostei. E embora sem procuração do pau para falar em seu nome, achei que ele apreciaria estar embrulhado por sininhos e árvores de Natal.

A velha deu-me o papel mas não me deu tempo para fazer um embrulho decente. Ela própria amassou o papel de encontro ao vidro, resultando que fiquei com um troço parecido com um ovo de Páscoa.

— Toma! Vá embora, pelo amor de Deus!

Já estava na porta quando a ideia me passou pela cabeça:

— Posso voltar?

A mulher também tinha pensado nisso. Titubeou um pouco, olhou para os lados, olhou novamente para mim, para o meu embrulho. E empurrando-me pela porta, foi clara:

— Na semana que vem, à mesma hora. Traz o vidro.

XI

Dei-me ao luxo de tomar um táxi. Tinha algum dinheiro no bolso, dormira algumas horas e a vida agora me parecia melhor. Podia dispensar a Hospedaria Gonçalves, ao menos naquela noite.

— Para a cidade.

— Em que lugar?

— Em qualquer lugar.

O motorista olhou com desconfiança para o embrulho, mas não pediu explicações. Quando o táxi passou pela Central, vi que era tarde, o relógio marcava mais de dez e meia. Ainda que desejasse dormir na hospedaria, não poderia entrar, o jeito era passar a noite na rua. O dinheiro não era tanto assim, daria para uma pensão, mas o futuro era incerto e eu precisava economizar. Ter tomado o táxi fora uma prodigalidade imerecida. Não suportaria andar mais naquele dia. Brincando, brincando, caminhara do Campo de Santana até a praça da Bandeira — uma distância mais do que exagerada para um andarilho sem colhões.

Saltei na Cinelândia. Era o único trecho da cidade em que havia alguma vida. Estava com fome — e não perdoei o esquecimento: bem que poderia ter pedido, antes de fazer a sacanagem com a mulher, um prato de comida, uma sopa, um café com leite reforçado, uns biscoitos.

"Semana que vem serei mais esperto."

Este pensamento me tranquilizou. E até mesmo me envaideceu: eu arranjara trabalho. *Semana que vem.* Era tão nobre, tão burguês, tão profissional quanto *no expediente de amanhã*, ou *após a reunião com a diretoria*. Eu era um funcionário, um soldado, um juiz. Um homem, enfim.

Apesar da súbita dignidade, continuava sem ter para onde ir. Matar a fome era simples: havia um boteco, lá para as bandas da Lapa, que servia refeições caseiras por três cruzeiros, com direito a sobremesa. Eram pratos feitos, com feijão, arroz, macarrão, uns pedaços de carne, farinha, pimenta, a já citada sobremesa, que podia ser uma banana ou um pedaço de goiabada.

A noite, eu aguentaria bem. No dia seguinte, escolheria um canto qualquer e tiraria um bom sono. Melhor dormir num pedaço de praia, ou sob uma árvore, do que enfrentar, novamente, o tombo matinal da Hospedaria Gonçalves, os gritos do seu Fernandes, o ronco de seus resignados hóspedes.

Havia tempo que não andava naquelas ruelas da Lapa. Um lugar que já tivera glória e vez, mas agora limitava-se a um largo mais ou menos simbólico e a uma boêmia também simbólica. O largo nem largo era, mas uma confluência de três ou quatro ruas. E a boêmia resumia-se em alguns antros que ficavam abertos a noite toda, persistindo como um dos pontos mais sórdidos da cidade. Em tempos idos, frequentara os cabarés da avenida Mem de Sá, já decadentes. Agora, nem cabaré havia.

Encontrei o botequim e enfrentei o prato feito, que era mais ou menos o que esperava, com o acréscimo de algumas rodelas de tomate. A aventura com a velha abrira-me o apetite — ou fora o sono que me dera fome — o certo é que comi com vontade e me julguei alimentado até a noite seguinte.

E tudo seria perfeito se não tivesse encontrado um conhecido. Era um dos garçons. Embora estivesse servindo em outras mesas, teve a temeridade de me cumprimentar. Tive a má ideia de retribuir o cumprimento.

Não era meu amigo, na verdade nem lhe sabia o nome. E duvido que ele soubesse o meu. Apesar disso, o fato de ter me cumprimentado justificava uma agressão de minha parte. Quando terminei o meu prato, fui até ele.

— Como é? Tudo bem?

— Tudo — respondeu ele, sombriamente, adivinhando que boa coisa não vinha da abordagem.

Eu devia ter a cara, o cheiro, a postura e a humildade de quem vai pedir dinheiro. Mas a efusão do diálogo teria parado ali se não ocorresse um incidente desagradável. Numa das mesas do canto havia um bêbado que já estava entornando pelo ladrão. Ele cismou com a minha cara, e, o que foi pior, cismou com o meu embrulho.

— Este filho da puta me roubou o embrulho!

De início, eu não sabia a que embrulho e a que filho da puta ele se referia. Mas quando vi o homem se levantar e vir em minha direção, fiz um gesto para proteger a minha carga.

— O vidro é meu!

— Teu é o caralho! — gritou o camarada.

O garçom resolveu intervir mas levou um safanão do bêbado. Era um homem forte e a bebida não o havia derrubado de todo.

— Me dá o meu vidro!

Era fácil provar que o vidro era meu. Bastava interrogá-lo: o que há neste vidro? Em dois bilhões de hipóteses, ele teria apenas uma possibilidade de acertar. Mas ninguém deve confiar num bêbado.

— Meu é o caralho!

A insistência com que ele repetia aquela palavra me inquietou. Para ele, caralho era mais do que um palavrão genérico, mas um estado de espírito diante da vida e dos homens.

Continuou repetindo:

— É o caralho!

Era um caralho, diabo, o que eu tinha no vidro.

— É meu!

— É meu!

O dono do botequim entrou na discussão e propôs o óbvio. Quem adivinhasse o que havia no vidro seria o legítimo dono do próprio. Virou-se para mim e perguntou:

— O que tem neste vidro?

O bêbado respondeu antes de mim:

— Tem é o caralho!

Não tive outro remédio senão confirmar, de cabeça baixa:

— É o caralho mesmo.

O dono do botequim, com a imparcialidade de um magistrado, delicadamente tomou-me o vidro, desembrulhou-o e exibiu para todos o meu caralho. Para meu espanto, ninguém ficou indignado ou perplexo.

A questão seguinte foi igualmente constrangedora, embora favorável aos meus propósitos. De quem seria aquele caralho? Fizeram-me arriar as calças e eu exibi a minha cicatriz, meu tubinho de matéria plástica. Todos se interessaram em ver, menos o bêbado, que continuava resmungando pelos cantos:

— É o caralho! É o caralho!

Quando percebeu que a sua causa estava perdida, que pelo consenso dos presentes eu era o legítimo possuidor do vidro e de seu conteúdo, o camarada abriu a braguilha e botou para fora um pau enrugado e sujo.

— É o caralho!

E urinou em cima da mesa onde um marinheiro tomava um chope com um copinho de cachaça ao lado. O dono e o marinheiro expulsaram o bêbado aos safanões. Na calçada, nem humilhado nem ofendido, o cara continuava a repetir:

— É o caralho! É o caralho!

Passada a tempestade, o garçom meu conhecido julgou-se no direito ou no dever de fazer perguntas:

— Como foi isso?

Era comprido explicar. Dei de ombros:

— Foi por aí. Coisas da vida.

O dono também quis detalhes. O botequim estava praticamente vazio e logo fecharia as portas. Contei para uma resumida plateia a minha história, em versão também resumida. Um sujeito, que já estava bastante embriagado, pagou-me uma dose de conhaque.

À saída, o garçom ofereceu-me os préstimos. Sem que eu pedisse, falou num emprego, um botequim no largo do Estácio, onde precisavam de um garçom bem-intencionado. Não era necessário ter prática. Ordenado quase vil, embora melhor do que a miséria total. O importante era ser bem-intencionado. Eu ia pedir explicações, não podia imaginar o que seria um garçom bem-intencionado, mas estava exausto e louco para sair dali.

— Vou pensar — respondi.

Mas sem agradecer.

XII

Tinha a noite pela frente. Era uma barreira, uma divisa física que eu precisava atravessar. Total e noturna disponibilidade já me ocorrera diversas vezes, e eu sempre sabia o que fazer: entrava num bar, bebia, procurava putas, ou simplesmente não fazia nada, andava pelas ruas da noite. Era um tempo, e não um espaço.

Mas não tinha vontade nem condições de andar pelas ruas. Sentia-me fraco, a ferida doía, já caminhara bastante.

Procurei um banco na Cinelândia, que já estava deserta. Avaliei o perigo: um guarda poderia me pedir os documentos e o único documento que eu possuía era o vidro de compota — o que não convenceria ninguém, nem como identidade pessoal, nem como qualificação profissional. Não tinha o que escolher. Existem guardas e bancos em todas as partes, a Cinelândia era ali e eu já estava nela.

Sim, havia bancos, mas a maioria deles estava ocupada. Gente como eu — ou pior. Afinal, eu dormira algumas horas numa boa cama, comera um prato feito e haviam me pagado um conhaque. Um roteiro desses me salvaria se ele se repetisse todos os dias.

Sentei-me no único banco que encontrei vazio. Acomodei o vidro de compota e estirei-me um pouco, mas sem ficar deitado de todo. A posição não era cômoda mas a vista confortável. Dali a algumas horas, lá pelas bandas do mar, veria o sol nascer.

Durou pouco a minha solitária paz. Um sujeito que estava num banco próximo, após me examinar com curiosidade, veio sentar-se a meu lado. Não pediu licença, nem deu boa-noite. Veio e sentou-se, como se fosse um direito dele.

Era um homem grande, sólido, não tinha o aspecto miserável dos habituais ocupantes de bancos públicos. Parecia um chefe de família que brigara com a mulher e resolvera passar a noite na rua para firmar uma posição dentro do lar, ou somente para sacanear a mulher.

Guardei suas primeiras palavras:

— Merda de vida!

Bom início de diálogo. Eu teria de concordar com verdade tão definitiva, fôssemos, eu ou ele, generais, ministros, carregadores de pianos ou pianistas. Daí que não respondi e o sujeito tomou o meu silêncio como aprovação. Evidente que eu concordava, a vida era uma merda.

A generalidade da primeira frase levou a uma ampliação de princípios:

— São uns putos!

Também concordei com o meu silêncio. Nada tinha a obstar ao fato de que todos, inclusive o próprio camarada, fossem putos. O sujeito achou a conversa num ponto interessante e se deu o direito de fazer confidências:

— Um dia desses tomo coragem e faço uma besteira!

Não me interessei em saber que besteira o sujeito ameaçava praticar. Ele me interpelou com raiva:

— Sabe o que eu vou fazer?

Continuei em silêncio. Na verdade, pouco me interessava o que um sujeito como ele poderia fazer. Mas levei um choque:

— Vou arrancar meu pau!

Senti um calafrio. O sujeito podia estar me gozando, talvez me tivesse visto no botequim, arriando as calças e mostrando as virilhas vazias. A conversa, que ele até então conseguira manter sozinho, resvalava para um terreno que não me agradava.

— Já pensou alguém cortar o pau e jogar fora? Dar para os urubus, os gatos, os passarinhos?

— Os passarinhos não gostarão de comer o seu pau — respondi com segurança, sabendo o que dizia.

Pensei que o sujeito fosse insistir nos passarinhos mas estranhamente ele se mostrou dócil:

— Você tem razão, meu pau não seria comida adequada aos passarinhos. Talvez aos gatos, ou aos urubus... aos passarinhos não. Já vi passarinho comer pipoca, mas nunca se ouviu dizer que um passarinho comesse um caralho.

Para minha desgraça, eu havia aceitado o diálogo e o sujeito acomodou-se no banco, como se ali fosse passar o resto da noite.

— O importante não é isso — continuou ele. — O importante é me livrar desta droga. Se você cortasse o seu pau, o que faria com ele?

— Colocava num vidro de compota — respondi.

O homem pensou um pouco e admitiu:

— É. É uma boa ideia. Mas por que motivo o senhor iria cortar o seu pau?

— Nunca tive motivo para cortar o meu pau. Mas poderiam cortá-lo à força. Sem que eu pudesse reagir.

— Pois eu tenho. Tenho muitos, muitos motivos. Quer ouvir?

E antes que eu respondesse, ele começou a sua história, tão comprida que eu lhe prestei uma atenção comovida, com pena de que ela acabasse de repente e eu nada mais tivesse a escutar ou a fazer naquela praça, naquele banco, naquela noite.

— Não faça mau juízo de mim, mas volta e meia escrevo algumas coisas. Um dia mostrarei os meus contos e poemas. Sou um intelectual proscrito pela sociedade, tenho ideias radicais, fascistas, sabe, hoje está fora de moda mas continuo achando que somente o fascismo pode salvar a merda desta humanidade.

Fez uma pausa. Por um momento pensei que, após aquela declaração de princípios, ele fosse embora. Pelo contrário. Olhou-me com mais atenção.

— Você deve apreciar essas coisas. Tem cara disso.

Tirou do bolso do paletó um caderno esmolambado. Havia um lampião a uns cinco metros do banco.

— Vamos ali na luz, vou ler para você, em primeira mão, a história que escrevi hoje.

Tomou-me pelo braço e me arrastou até o poste, onde havia um halo de luz amarelada. Apesar do pequeno deslocamento, levei comigo o vidro de compota. Ele aprovou a minha cautela, mesmo sem saber o que aquele vidro representava para mim.

— É. Tem muito ladrão por aqui.

E voltando ao caderninho:

— Pode parecer ficção, uma história inventada. Metáfora, entende? Sabe o que é metáfora? Não importa, pode ou não acreditar na minha história. Tem um título provisório mas acho que será o definitivo.

Já embaixo do cone de luz, abriu os braços e declamou:

O HOMEM E A SUA CABRA

Abriu o caderno, revirou algumas páginas amassadas, localizou o que procurava e começou:

Sou um sujeito forte, como facilmente se vê e deduz. Desde os 13 anos que comecei a trepar. Passei na cara todas as meninas de minha infância. Aos 16, já tinha mulheres casadas que gostavam de trepar comigo. Eu dava para a coisa. Era uma necessidade cruel, essa, a de trepar várias vezes, todos os dias. O diabo é que eu gostava das mulheres mas as mulheres, apesar de bem trepadas por mim, nunca me apreciavam, só me queriam para aquilo. Eu despertava nelas o prazer — e elas iam buscar esse prazer com outros.

Só voltavam quando estavam nas últimas, necessitadas de. Resultado: todas me traíam. Aos 21 anos casei-me com uma portuguesa rica, de 44. Apesar da diferença de idade, a vagabunda me traiu com um italiano que veio nos vender uns tecidos à prestação. Expulsei-a de casa e logo arranjei uma guria de 18 anos que era noiva de um sargento da Aeronáutica. Ela trepava comigo e com ele, eu aceitava a situação, mas um dia soube que a garota estava também trepando com um major reformado, chamado Amilcar. Logo com esse nome! Além do mais, sargento e major reformado se uniram e me deram uma surra.

Aos trinta anos, ganhei umas casas de herança, lá em Valença, fiquei rico. Mudei-me para Copacabana, um edifício decente, um bom apartamento. E as mulheres vieram, aos montes — e aos montes me traíam. Vinham atraídas pela minha prosperidade material e pela minha insaciedade sexual, eu lhes transmitia essa insaciedade — e assim favoreci muita sacanagem por aí afora. Aos 35 apaixonei-me por uma mulher de 23 anos, estudante de filosofia não sei onde. Com ela, eu não tinha tempo nem vontade de conversar: era só trepar. Apesar de estudar filosofia — ou por isso mesmo —, ela trepava bem. Mas comecei a suspeitar dela e, uma tarde, peguei-a na traseira de um carro, na maior sacanagem com um colega de faculdade. Trepei-a mais uma vez, enchi-lhe a cara de porrada e mandei-a embora.

Para desgraça minha, eu estava realmente apaixonado e não suportei botar outra mulher em casa. Mas também não podia ficar sem foder, tenho a bendita necessidade — que às vezes é maldita — de trepar duas, três vezes todos os dias. Tive então uma ideia: comprei uma cabra.

— Uma cabra? — perguntei.
— Sim. Uma cabra. *Chèvre*, em francês.
Fiquei em silêncio, como se pedisse que ele continuasse.
— Por favor, não me interrompa. Não posso perder o ritmo.
Limpou a voz com um pigarro que parecia um arroto e reiniciou a leitura:

Comprei-a em Campo Grande, no sítio de um tal Barcelos. A cabra era gordinha, e, para o que eu desejava dela, perfeita. Sua mansidão era total — o que me facilitava os intentos. Tem gente que se machuca com os bichos, conheci um domador de circo que levou uma patada de um leão... mas, também, comer leão é safadeza. Afinal, trata-se do rei dos animais, como qualquer outro rei, merece respeito.

A cabra me agradava, mulher alguma me agradou tanto. Levei-a para o apartamento em Copacabana e não tive mais problemas. Quer dizer, tive outros, mas não os habituais, os de aflições de alma. Todas as noites comia a cabra, que além de dócil, parecia gostar da coisa. Tratava-a com regalias. Comida de primeira, e farta. Lavava-a todas as manhãs. Era uma cabra limpa e honesta.

O diabo foram os vizinhos. Falei há pouco que tive outra espécie de problemas e foi justamente com os vizinhos que os tive. Não sei qual foi o filho da puta que reclamou, o porteiro do prédio entregou-me uma convocação do condomínio. O síndico pedia o comparecimento de todos a uma assembleia extraordinária na qual seria discutido "um assunto de interesse geral". Não podia imaginar que a minha cabra fosse "assunto de interesse geral". Julgava-a do meu exclusivo interesse.

Cheguei atrasado à reunião. Os debates já estavam acalorados e a minha entrada foi saudada com efusão. Era eu quem faltava. Fui comunicado de que, por decisão unânime dos senhores condôminos ali reunidos, eu deveria me livrar da cabra. O síndico leu-me a resolução: aos tantos de tantos de tantos, às tantas horas, por proposta do condômino João Carlos Cerveira, "os condôminos reunidos em assembleia extraordinária resolvemos notificar o condômino fulano de tal — era eu — de que este prédio não mais tolerará a presença de sua cabra, uma vez que o regulamento interno e as posturas municipais preveem a proibição de animais como gatos, cachorros e outros". Rio de Janeiro, tantos de tantos de tantos etc.

Minha reação foi argumentar que cabra não era cachorro nem gato, mas o condômino Cerveira esfregou-me na cara uma porção de códigos. O parágrafo falava em animais, e cabra era animal. Além do mais, havia os "outros" na tal cláusula. Não haviam previsto uma cabra, é verdade, pois a nenhum legislador poderia ocorrer a ideia de proibir cabras num edifício de Copacabana. Mas o espírito da lei, "l'esprit de la loi", era claro. Ou eu mandava a cabra embora ou eu próprio devia ir embora.

— Pois então vou embora.

Disse e fiz. No dia seguinte mandei encostar um caminhão de mudanças e fui morar em Jacarepaguá, perto da Freguesia, onde encontrei uma casa enorme, com bom terreno nos fundos. No início estranhei a mudança, logo me acostumei. E a cabra também.

Com o terreno de que dispúnhamos, ela passava o dia inteiro ao ar livre, gozando do capim e da amplidão da paisagem. À noite, eu a punha para dentro. Mas logo pela manhã soltava-a novamente, para que ela pudesse engordar nos matinhos, nas pedras, nas poças d'água, enfim, naquilo que deveria ser um paraíso para qualquer cabra de seu porte e com as suas finalidades. Isso me obrigava a dar-lhe um banho extra todas as noites, antes de comê-la, mas como a cabra ficara mais gostosa — e eu mais saudável — os ares de Jacarepaguá foram julgados ótimos.

Redobrei minha potência sexual. Passei a comê-la quatro, cinco vezes. O fato de saber que a cabra era fiel, que ela não me traía, como as mulheres o fizeram, aumentava-me a libido e a potência.

Mas tudo tem um fim — e nenhum fim é agradável. Vivendo em seu paraíso natural, com capim fresco, sol e liberdade de ir e vir no terreno, a cabra resolveu por conta própria aumentar a sua vida sexual. A filha da puta não se contentava comigo. Uma tarde, quando fui apanhá-la, surpreendi-a olhando em certa direção. Havia ali uma moita, e, logo após, um pequeno córrego. Adiante do córrego, parado, fedendo como o diabo deve feder, vi um bode cabeludo, de chifres recurvos, um cavanhaque sujo, babado de gosma verde.

O bode olhava sacanamente para a minha cabra, cobiçando-a. Não precisei de muita argúcia para descobrir que ela também cobiçava o bode.

A paz havia acabado. Comecei a vigiar a cabra com o mesmo empenho — e a mesma dor — com que antes vigiava as mulheres. Mandei fazer uma cerca de arame farpado, separando os domínios da cabra e do bode. Adiantou em parte. A cabra não era a mesma. Não mais se submetia aos meus caprichos. Certa noite quase me feriu, por pouco me esbagaçava os bagos.

Ele interrompeu a leitura, pensou um pouco no que acabara de ler e me encarou:

— *Esbagaçava os bagos...* Você acha que é pleonasmo?

Antes que respondesse, decidiu:

— Pleonasmo ou não, gosto disto aqui: *esbagaçava os bagos*.

E continuou:

Usei então da malícia que a inteligência e a experiência me facilitavam. Afinal, eu era um homem e ela uma cabra. Abri na cerca de arame farpado um buraco que não fosse um convite mas uma insinuação. Um boi por ali não passaria mas uma cabra — ou bode — que se espremessem um pouco, por ali poderiam passar.

Comecei a vigiá-los. O que me inquietava era o dilema: quem seria o primeiro a descobrir o buraco na cerca? A cabra ou o bode?

Num amor contrariado, num drama de corno, é importante saber de quem é a iniciativa.

A iniciativa tinha sido de Solange. Pois a minha cabra tinha um nome, um nome que sempre me impressionou. Tive mulheres de diversos nomes, nunca uma Solange. Quando vi a cabra pela primeira vez, descobri que tinha um nome e que esse nome só poderia ser Solange. E Solange ela ficou.

Solange tivera a iniciativa. Os bodes levam a fama de serem grandes fodedores, mas pelo menos aquele bode não o era. Ele foi coagido pela minha cabra. Cheguei à tão dolorosa convicção quando percebi que fora ela, justo a cabra, que descobrira o buraco na cerca, e por ele passara para ir ter com o bode. Ela é que lá ia, roçar a vulva no cavanhaque do bode.

Interrompi-o mais uma vez:
— Vulva? — perguntei, alarmado.
— Sim. Todas as cabras têm vulva. Por quê?
— Ainda há pouco tive problemas com uma vulva...
— De cabra?
— Não. De mulher mesmo.
Ele me olhou, solidário.
— É. Todas elas têm. Mulheres e cabras. Vulva é fogo!
O sujeito fez um longo silêncio, como se meditasse na afirmação que acabara de fazer (*vulva é fogo*). Olhou-me com simpatia, e continuou:

Bem, dessa vez eu não tinha com que ou contra o que lutar. Era a cabra ou o bode. Exagerei: matei os dois. A tiros. A cabra, devidamente esquartejada, distribuí-a ao povo para que todos dela se fartassem, tem gente que come cabra mesmo, como comida.

Quanto ao bode, acabou dando um bode desgraçado. Havia um dono, fez queixa à policia, ameaçou ir à justiça. Após desaforos e ameaças de parte a parte, chegamos a um acordo: paguei-lhe o preço de dois bodes. Pode parecer que tenha levado a pior, mas para ficar livre do amante de Solange eu seria capaz de pagar mais. Voltei para Copacabana. Descrente das cabras, entreguei-me às putas. Acabei arruinado. Para compensar, entrei na política. Descobri que sou fascista e que o fascismo é a solução de todos os problemas. Agora sou um homem feliz.

— Arrancou o pau?
— Não. Passei a me interessar por outras coisas.
— Que coisas?
— Já disse. O fascismo. Sabe o que é isso?
— Mais ou menos.
— É preciso que haja um chefe. O resto é manada, porcos, cabras, homens, tudo dá na mesma.

O homem se calou. Olhava agora para mim, esperando que eu lhe contasse uma história, se não com os mesmos ingredientes, ao menos em tamanho igual. Ajudaria a passar a noite. Mas eu não tinha história alguma para lhe contar. Limitei-me a voltar ao banco. Ele pensou que eu estivesse indo embora.

— Não. Não vá embora. Fique conosco.

Olhei assustado em torno. Ele falara *conosco*, e estava sozinho. Talvez algum outro vagabundo, dormindo nos bancos próximos, fosse seu amigo ou parente.

O homem não tinha parentes nem conhecidos, pelo menos ali. Voltou a insistir:

— Fique conosco. Vou apresentá-lo aos amigos, temos um grupo que trabalha pelo fascismo, topamos qualquer tarefa em nome da causa. Somos heróis. Gostei de sua cara, você parece que se castrou. Foi uma boa ação.

— Como é que sabe?
— Nota-se. Eu sinto o cheiro.

Apanhei o vidro de compota e aspirei. Não senti cheiro algum. Pelas dúvidas, pedi ao homem:

— Cheire. Aspire forte. Sente algum cheiro?

Ele apanhou o vidro, cheirou-o de todos os lados, em grandes sorvos.

— Não. Não sinto nada. É um doce? Uma geleia?

— Mais ou menos. Não chega a ser doce nem geleia. Mas há quem goste. Para onde quer que eu vá, afinal?

— Vem comigo. Vai gostar da turma.

Um homem que tivera em sua vida uma cabra chamada Solange merecia respeito. Daí não podia concluir que seria agradável aceitar os seus amigos e o seu tipo de vida. Entretanto, não repeli a proposta. Fiquei calado, como se consentisse.

De repente ele se preocupou com o meu embrulho.

— Afinal, que que tem nesse embrulho? Uma bomba?

— Para que eu andaria com uma bomba por aí?

— Sei lá! Tem gente que faz e joga bombas. O anarcossindicalismo...

— Fique tranquilo. Não é uma bomba. É um pau.

— Um pau? Um caralho?

— Exatamente.

Olhou-me com atenção:

— É o seu?

— É.

— Foi a polícia?

— Não.

— Um marido por aí?

— Também não. Foi um ônibus, uma trombada. Cortaram no hospital. Quando acordei, não pude fazer mais nada.

Ele ficou em silêncio, avaliando as coisas. Depois comentou em voz baixa:

— Um homem sem pau é importante.

E depois de uma pausa:

— O convite está de pé. Você ficará conosco. Apenas, esta noite não conta. Houve um problema com a turma, a polícia andou dando uma batida nos comunistas, enquanto ela atua nós ficamos na moita, só entramos quando a polícia se torna banana e deixa a subversão correr solta. Não podemos facilitar. Vamos passar a noite aqui mesmo.

Para os lados do mar, um clarão manchava as nuvens, anunciando que o mais longo da noite havia passado. Não sentia sono nem fome. E arranjara um sujeito que me dissera: *fica conosco*. Era um convite. Há muito tempo ninguém me convidava para nada.

— Vamos ver o dia nascer — propôs ele.

Recusei. Não me interessava o nascer do dia. Mas o homem me arrastou pelo braço e quando percebeu que eu andava com dificuldade, quis amparar-me, como se eu fosse aleijado.

— Um momento.

Eu esquecera o embrulho em cima do banco. Voltei, apanhei-o. Ele fez o gesto de que ia segurá-lo, eu o repeli.

— Não. Não posso me separar dele.

Ele aprovou a minha atitude e me levou para os lados do mar. O corpo dele tinha um cheiro estranho, de matagal, de cabra, ou apenas de suor. Era um homem que andava firme, sentia a sua mão potente em torno do meu braço.

— As nuvens talvez atrapalhem. Se a viração soprar e limpar o céu, vamos ver o sol pular ali, na linha do horizonte.

— Para mim tanto faz. Não aprecio essas coisas.

Ele não se incomodou com a minha informação. Depois de certo tempo falou com desprezo:

— Eu também não. Mas isso me torna melhor. Sempre que posso, vejo o sol nascer. É importante, sabe, ver nascer um novo dia.

— Para que um novo dia?

— É o amanhã que chega. E amanhã a gente pode fazer uma porção de coisas.

E me arrastou, trôpego e mutilado, para a beira do mar, onde uma luz amarelada e vermelha começava a desmanchar a noite pousada nas espumas.

Segunda Parte

XIII

Foi uma ideia sinistra: além de não vermos o sol nascer, de repente ficamos no meio de uma porção de gente. Custei a compreender o que estava acontecendo — e gostei menos quando compreendi. Ao deixarmos o banco onde passáramos a noite, a cidade estava deserta, um ou outro carro aparecia, rumo à Zona Sul. Quando tentamos retornar à Cinelândia (o sol não nasceria mesmo, as nuvens eram muitas e pesadas), surgiu não sei de onde uma pequena multidão.

Pensei, inicialmente, que fosse um bando de mendigos, iguais a nós, apenas mais barulhentos, o que não era vantagem, pois não fazíamos nenhum barulho. Traziam estranhos instrumentos que combinavam com as estranhas roupas que vestiam. Logo apareceram algumas camionetes e só então ficamos sabendo que se tratava de um grupo de cinema: vinha filmar uma cena ali no Aterro, entre o Museu de Arte Moderna e o Monumento aos Pracinhas.

A finalidade da locação — conforme fiquei sabendo — era filmar o nascer do sol. Haviam se atrasado: o sol já estava mais do que nascido, embora não houvesse sol nenhum à vista.

O diretor do filme e o diretor da produção se esguedelhavam, culpando-se mutuamente. A confusão era muita e ninguém nos deu importância, nem nós lhes daríamos qualquer importância se não fizessem tanto barulho. Eu pretendia ir ao botequim no Estácio, tratar do emprego que talvez fosse uma oportunidade. Mas o meu companheiro de noite achou divertido ficar ali. Ele quisera ver o nascer do sol, o sol não nascera. Em compensação, tinha agora um espetáculo menos comovente mas que o interessava, tanto ou mais do que o nascer do sol, que costuma acontecer todos os dias.

Apesar da discussão entre o diretor e o produtor, que continuavam aos berros, o resto da turma instalou-se como se ali fosse ficar para sempre. No fundo, deviam estar habituados àquele tipo de discussão e não davam importância aos insultos que os dois chefes trocavam.

Até que o diretor deu um berro para um sujeito magro e desnutrido que segurava um enorme holofote:

— Tirem esta merda daí. Não vai haver filmagem nenhuma!

Houve reclamações, um sujeito de barba, que parecia maquiado desde a véspera, começou a espernear, reclamando não sei o quê. E um sujeito magrinho, de calças apertadas, teve uma crise de nervos.

O produtor levantava as mãos para o céu:

— Tem de filmar! O aluguel das máquinas, o preço disso tudo, não tenho culpa de vocês serem malucos! O dinheiro foi gasto, agora filmem o sol de qualquer maneira.

— Mas não tem sol! — berrou o diretor. — Onde vou arrumar um sol agora?

— O problema é seu! Bote o holofote aqui, tapeie, quebre o galho, faça qualquer coisa! Vocês têm de filmar, aqui e agora!

O diretor se descabelava, falava em capital opressor, em cupidez do mercado. Evidente que procurava ganhar tempo, a fim de ter uma ideia.

O meu companheiro de noite percebeu o drama. E como era um homem de muitas ideias — segundo pude sentir, mais tarde, em minha própria carne — acercou-se dele, levou-o para um canto. Cochicharam alguns minutos. Falavam em voz baixa. Com desagrado, percebi que o diretor me olhava com interesse.

— Pronto! Já tenho uma ideia! — bradou o diretor.

— Não vim aqui filmar ideias — respondeu o produtor.

— Vim filmar o nascer do sol. Exijo o nascer do sol!

Como o produtor parecia o mais importante de todos, o pessoal das câmeras e das luzes instalou-se como se o sol fosse obedecer à produção e resolvesse voltar atrás, nascendo outra vez. Josué fizera isso uma vez. Havia o precedente.

— Espera que eu explico — insistia o diretor. — Temos uma grande oportunidade de filmar uma cena genial. Surgiu uma opção.

— Merda para a opção! Não filmo opção nenhuma! Quero o sol!

— Mas ouça, o negócio é bacana.

— E o sol? Cadê o sol? Me arranja o sol que eu topo!

— Não tem sol nenhum. Não vê que eu não posso parir um sol para você filmar?

— Eu? Quem fez o roteiro? Foi você quem mandou marcar esta cena. Tá tudo aí, as câmeras, as luzes, a equipe técnica, o elenco principal, o elenco de apoio... tá tudo aí...

— E o sol?

— Fabrica um!

— Quem tem de fabricar é você!

— Eu uma ova!

— Pois eu vou filmar assim mesmo. Não tenho sol mas tenho coisa melhor.

Eu assistia àquilo tudo a distância. Mas um vago pressentimento me fazia temer alguma coisa desagradável. O meu companheiro de noite parecia, agora, uma pessoa importante, pois estava entre o diretor e o produtor, como uma espécie de juiz num ringue de boxe.

— Eu quero o sol! Está escrito aqui, no seu roteiro: dia tal, hora tal, local tal: filmar o pôr do sol.

— Não é o pôr do sol. É o nascer do sol.

— Dá na mesma. Tem até o nome da cena: A *adoração do sol*. Pois vamos adorar o sol.

— Mas sem sol?

— Arranje um! Vire-se!

O meu companheiro de noite interveio:

— Não há sol mas há uma ideia.

O produtor, que não havia reparado nele, olhou-o com espanto.

— O senhor que vá para o caralho!

— Pois é o próprio que eu proponho.

O diretor deu um grito de júbilo:

— Um caralho no lugar do sol!

Eu estava numa situação em que não podia ouvir aquela palavra sem temer sobras para o meu lado. Falar em caralho só podia ser comigo. Não imaginava o que haviam tramado, mas o produtor também parecia interessado na história que o meu companheiro de noite lhe contava — e eu resolvi dar o fora.

Estava trôpego. Mal andei dez metros, notaram que eu fugia. O diretor veio correndo em minha direção.

— O senhor vai ficar aqui. A ideia é genial!

Meu companheiro de noite aproximou-se, falou-me em voz baixa:

— Vamos ganhar um dinheirinho fácil. A sugestão foi minha, o caralho é seu, racharemos a nota.

Fui comunicado do plano. Antes de mais nada, percebi que havia ganhado — ou melhor, o meu caralho havia ganhado — um empresário. Por cem cruzeiros, eu cederia o vidro de compota para a filmagem.

A história do filme, cujo esboço me foi feito na hora, pelo próprio diretor, que também era o autor do roteiro, pareceu-me confusa, havia um latifundiário, a filha de um operário torturado pela polícia, padres, uma porrada de comunistas, um major do Exército americano, dois senadores, três músicos sem emprego, um poeta, duas putas, um homem vestido de Pedro Álvares Cabral, um grupo de escola de samba, tudo isto misturado num drama complicado e acima dos meus interesses e necessidades.

Haviam programado uma cena no Aterro: cinco virgens púberes iriam adorar o sol, que entrava na campanha política de um velho senador corrupto que se unira aos latifundiários e aos generais que iriam vender a Amazônia ao capital estrangeiro. A adoração do sol, na realidade, seria uma cena simbólica, tudo era simbólico no filme, menos o Pedro Álvares Cabral, que ali estava, suando em suas barbas postiças e em suas roupas escamadas de pedrarias, parecendo ter saído de um baile de Carnaval ou daquele monumento no Jardim da Glória.

O pessoal da produção, embora tenha chegado depois do nascer do sol, funcionara satisfatoriamente. Estavam todos ali, o circo inteiro, menos o sol. Mas havia agora o meu caralho. Segundo a opinião do meu companheiro de noite, do diretor e agora do produtor, o caralho era melhor do que o sol.

Em princípio, eu concordei. Pensava que eles desejavam o caralho dentro do vidro. Foi o diretor que exigiu:

— Não. É fora do vidro. Vou fazer um close deste tamanho!

Esbocei uma reação mas o meu companheiro de noite cutucou-me. Os cem cruzeiros compensavam. Acabei concordando: além do dinheiro que ganhara da velha e de sua vulva, recebia agora um cachê inesperado. Depois que se separara de mim, o caralho começara a render, dava retorno.

Fiquei ali mesmo, para assistir à adoração do meu caralho. Destampei o vidro e temi que houvesse mau cheiro. Mas o álcool e o iodo haviam sido eficazes: o pau nem cheirava a pau. Cheirava a curativo, estava mole, parecia um pedaço de toucinho, meio derretido numa feijoada. Quando o diretor o segurou nos dedos, de cabeça para baixo, pareceu mais consistente.

— Que maravilha! Isso vai fazer um sucesso desgraçado!

Uma atriz, que parecia ser a principal, veio ver. Era uma loura magra, eu a conhecia de fotos em jornais e revistas. Estava vestida de bandeira nacional, com estrelas esparramadas pelos seios, pelo ventre e pela bunda. Ela não gostou do meu pau.

— Não. Não pode ser assim. De cabeça para baixo, não. Eu não vou ficar ajoelhada diante disso.

O diretor tentou botar o pau de cabeça para cima, não dava jeito. A cabeça estava inchada pelo tempo que ficara imersa no álcool.

Mais uma vez, foi o meu companheiro de noite que salvou a pátria. Sugeriu que se enfiasse um arame por dentro do pau. A coisa funcionou e o pau conseguiu ficar ereto, duro, lembrando os seus melhores — e impossíveis — dias.

Por coincidência, justo nesta hora o sol apareceu. Mas ninguém pensava mais nele, meu caralho vencera o sol. Até o Pedro Álvares Cabral veio espiá-lo e manteve uma atitude ambígua diante dele, entre o nojo e a admiração. Eu o conhecia de outros Carnavais, comparecia aos bailes fantasiado de conde, marquês, de alegorias complicadas, Raízes da Raça de Pindorama, Amazônia na Guerra dos Palmares, o Uirapuru na Corte de Dom João VI, coisas assim.

As filmagens arrastaram-se pela manhã. Ali pelas duas horas da tarde serviram um lanche, e o produtor, generosamente, ofereceu-me um sanduíche e um guaraná. Afinal, após o caralho ter sido espetado, maquiado, iluminado, filmado e adorado por jovens nuas (de joelhos, elas se arrastavam pelo chão, gemendo, uivando e gritando: aleluia, aleluia!), e reverenciado pelo Pedro Álvares Cabral, que fez em sua direção um respeitoso movimento com o seu estandarte onde havia uma cruz de malta bordada, dispensaram-me, a mim e ao meu caralho.

— E o dinheiro?

O meu companheiro exibiu-me o cheque de cem cruzeiros. Beijava-o comovido e me fez beijá-lo também.

— Viu! Ainda vamos ganhar muito dinheiro!

O banco era longe, lá para os lados da praça Tiradentes. Fiados na súbita abastança, tomamos um táxi. Mas no guichê recebemos a merecida paga: o cheque não tinha fundos.

XIV

Inútil voltar ao Aterro e procurar pelo pessoal do cinema. Já deviam ter debandado. Eu perdera a hora de me apresentar no botequim do Estácio. Não iriam dar bola para um sujeito que começava o novo emprego chegando atrasado.

Senti raiva do companheiro de noite. Após tantas horas juntos, e de termos sido sócios num negócio falido, eu nem lhe sabia o nome. Disse-lhe isto e ele se apresentou:

— Dos Passos. Joaquim dos Passos.

Eu já o conhecia o suficiente para saber que se tratava de um vigarista. A história da cabra e a minha própria história (ele explorara o meu pau, inaugurara uma profissão no mercado de trabalho: cafetão de caralho alheio) não o tornavam simpático, pelo menos sob o ponto de vista da cabra e do pau. Mas era insistente e, ao que parecia, estava angustiado à procura de um companheiro que lhe ouvisse as aventuras e lhe fornecesse inspiração para outras.

Eu o servira duplamente: ajudara-o a passar a noite, ouvira a história de sua cabra. Acompanhei-o ao Aterro para ver o nascer do sol que não houve. Coroando a dedicação, submeti-me ao vexame de ver meu pau maquiado, furado por um arame, exposto e adorado por mulheres desgrenhadas. Era demais e não era tudo.

O camarada havia me convidado para morar com ele. A proposta, de início, me repugnara. Mas eu não estava em condições de fazer exigências. Ele falara em casa, e ainda que a casa fosse apenas um buraco, ou um barraco, eu teria um pedaço de chão para deitar o meu cansado e mutilado corpo.

Eram quatro horas da tarde, mais ou menos, e ele queria dormir. Eu também. As andanças do dia e a noite em claro cobravam agora o seu tributo.

Mesmo assim fui vago na resposta:

— Depende. Talvez aceite.

— Mas o que você quer? Ficar por aí, andando com esse troço na mão? Vem comigo, é uma casa mesmo. Quer dizer, é um apartamento pequeno, tem um quarto grande, ou melhor, só tem o quarto grande. A cama é larga, dá para nós dois.

A palavra *cama*, após a noite em que dormira em cima de uma corda, tinha fascínio, apelo, me convocava.

Mesmo assim relutei:

— E os outros?

— Que outros?

— Você falou em outros, que havia outros em sua casa.

Dos Passos resolveu ser claro:

— É difícil explicar, não há exatamente "outros" lá em casa. Sou eu só. Apenas, o negócio não me pertence. Me deixam dormir lá, viver lá. Em troca, faço pequenos trabalhos para a turma. Já disse que sou um fascista, um fascista convicto, disposto a tudo. Meti-me em embrulhadas por aí. Estou na miséria física, mas não na moral. Vivo como posso, e posso muito porque tenho ideias. Não reclamo. Prefiro continuar como sou e estou do que me tornar um reles burguês, este sim, o pior inimigo da humanidade, pior mesmo do que os comunistas. Odeio os burgueses. Para o comunista, há um fascista e meio. Mas para o burguês? Você entende de política?

— Não.

— É bom que fique informado. O quarto pertence a um coronel que foi expulso do Exército durante a guerra. Suspeito de traição, era simpatizante dos nazistas. É também espírita, acredita nesses troços de alma, de vozes, sei lá. O fato é que em política estamos de acordo. Ele criou uns grupos que estão fora da lei mas na prática são tolerados pelo regime.Fazem o trabalho que alguns consideram sujo. O coronel já esteve na pior mas agora está bem de vida, arranjou dinheiro, tem vários endereços, me deixa morar num deles. Pago o aluguel em serviços. Mais tarde nós conversaremos melhor sobre isso. Volta e meia aparecem outros camaradas como eu, que também trabalham para o coronel. Somos uma tropa de choque. Já fizemos alguma bagunça por aí. Bagunça no bom sentido, em benefício da ordem, entende? Sem ordem não há salvação. O que desgraça este país é o caos. Antigamente escrevia-se caos assim: *chaos*. Com um agá no meio. Era mais dramático.

Tinha um jeito estranho de falar aquilo, não parecia um discurso decorado mas a enunciação de um princípio que lhe parecia sacrossanto.

Fez uma pausa, achando que já fora longe na minha doutrinação. Mudou de tom:

— Todos gostarão de você. Tenho a certeza de que será um dos nossos. Agora vamos, estou morrendo de sono.

— Eu também.

Não era longe. Ali mesmo, perto dos Arcos, quase no início do bairro de Fátima. O prédio era antigo e o apartamento infame. Mas a cama existia mesmo, era de casal, tinha um bom aspecto. Não havia ninguém e nada mais. Mal chegamos, Dos Passos caiu duro e começou a roncar.

Apesar de cansado, tive o cuidado de examinar o pau. Na pressa de descontar o cheque, deixara o arame enfiado dentro dele. Podia infeccionar. Destampei o vidro, retirei com cuidado o arame. O caralho voltou à sua flacidez habitual.

Não gostei do seu aspecto, cheirei-o diversas vezes, e, embora não houvesse vestígios de deterioração, preferi descer à rua, procurar uma farmácia. Comprei iodo e álcool. Na pia do quarto de Dos Passos lavei o caralho e mudei a mistura. Mergulhei-o de novo em seu mundo asséptico e líquido. Tive a impressão de que ele vivia, como um peixe jogado num aquário de água renovada. Sacudi o vidro e ele boiou, agradecido e resignado, já, a viver para sempre em sua gaiola de vidro.

Tomadas essas providências em favor do caralho, tratei de providenciar em meu favor. Deitei-me na cama, com cautela, para não despertar Dos Passos. Ele dormia pesadamente, e ainda que colocasse um elefante epilético a seu lado, não o acordaria. Guardei o vidro debaixo da cama, mas antes de cair no sono tive um sobressalto: do mesmo modo que Dos Passos conseguira ganhar dinheiro — ou quase isso — à custa do meu pau, era capaz de roubá-lo a fim de industrializá-lo. Ele próprio espalhava que era homem de muitas ideias e poucos escrúpulos. Se me pegasse desprevenido, poderia levar o vidro, vendê-lo, barganhá-lo, sei lá. Conseguira impô-lo como artista do cinema nacional. Era possível que o levasse à ópera, ao circo, à televisão, fundasse uma seita de fanáticos que o adorariam como a um deus desgraçado.

O pensamento me fez apanhar o vidro. Coloquei-o entre as pernas, tal como fizera na Hospedaria Gonçalves. Mas não consegui dormir naquela posição. Na hospedaria, dormira sentado. Agora estava na horizontal. O jeito foi segurar o vidro com as mãos, em cima do peito, e tentar dormir. Não consegui. Virei de bruços, colocando o vidro sob o peito. Aí sim, o sono veio. E o sonho.

Sonhei coisas bonitas e extravagantes. Voava entre as nuvens e lá em cima via a humanidade gritando como nas igrejas: *ave, ave, ave, hosanna!* Eu tinha entre as mãos um punhado de rosas e de vez em quando jogava uma em cima da multidão. Isso me dava um grande prazer. De repente, uma de minhas rosas caiu no mar e dela começou a crescer uma coisa. De início, parecia um guindaste, depois uma catedral, toda de mármore e vitrais, que começou a voar ao meu lado, como um enorme navio. Havia música e tudo isso me dava uma sensação de bem-estar e de conforto moral.

Durou pouco essa euforia. O sonho começou a engrossar, pois eu tinha sofrido um acidente de avião e caíra no meio do deserto. Milhares de mulheres corriam atrás de mim e eu não sabia por que fugia delas, tampouco por que elas corriam em meu encalço. O deserto era enorme, a areia muito fina, não tinha onde me abrigar, e, na realidade, não sentia vontade de me esconder. Depois descobri a causa daquela perseguição: o pau estava duro, e tinha um tamanho descomunal. Por mais que eu corresse, o pau ficava cada vez mais duro e enorme. Eu queria gritar, avisar que aquilo era uma miragem, meu pau estava murcho e inerme no fundo de um vidro de compota, mas a voz entalava na garganta — e eu tratava de correr mais.

Até que o peso do pau impediu a corrida e eu comecei a tropeçar nele. Enroscava-se pelas minhas pernas cobertas de areia. Desesperado, tive uma ideia que me pareceu prática: arrancar o pau e jogá-lo fora. Para minha surpresa, ele descolou-se facilmente do corpo. Parei de correr e exibi-o com orgulho, como se fosse uma cobra encantada.

As mulheres continuavam correndo atrás de mim, e se aproximavam. Não tive outro recurso senão jogar o pau para elas. E vi o que esperava ver: avançaram em cima dele, os dentes afiados à mostra, e devoraram o pau aos pedaços. Muitas delas passaram por mim, com os dentes e as gengivas sujas de sangue.

Subitamente, não havia mulher nenhuma: sobrara eu, no deserto. Olhei para o lugar onde tinham devorado o pau e percebi que havia um pedaço dele no meio da areia. Era justamente a cabeça. Para meu espanto, aquilo começou a caminhar em minha direção. Voltei a correr, agora como um louco de verdade, pois o pânico era maior. O pedaço de pau crescia à medida que eu corria e já adquirira o mesmo tamanho de antes, do pau inteiro. Eu suava por todo o corpo e, de repente, caí. Senti uma dor e acordei.

Dos Passos, ao meu lado, estava querendo me enrabar.

XV

Dei um pulo da cama:
— Seu filho da puta!
Dos Passos estava possesso:
— Deixa! Deixa! Eu preciso enfiar esta merda em qualquer canto!
— Vá enfiar na mãe!
Após alguns desaforos de parte a parte, chegamos a um acordo. Ele não podia ficar sem trepar. Eu não era veado. O jeito era Dos Passos ir se masturbar no banheiro. Dois minutos depois ele voltava, com o pau murcho. Mesmo assim obriguei-o a se masturbar outra vez.
— Porra! Mas agora?
— Ou agora ou eu vou embora!
— Não pode ser daqui a pouco?
— Tem que ser agora.
Ele foi ao banheiro, concentrou-se profundamente, disse nomes obscenos em voz alta, invocou Solange — a sua cabra — e terminou conseguindo. Voltou pálido, com olheiras enormes. Eu aproveitara o intervalo para procurar alguma coisa que servisse de arma. Encontrei um pedaço de ferro que parecia sobra de uma grade. Ameacei:

— Volta! Mais uma!
— Não posso! Peço penico! Está acima das minhas forças!
— Ou vai ou eu te racho!

Dos Passos voltou ao banheiro, demorou mais de meia hora, apelou para uma revista que havia por lá, catou entre as páginas uma mulher que lhe falasse ao pau, mas a revista era de turfe e quase não havia mulher. Mesmo assim, encontrou o anúncio de um perfume, e Dos Passos fixou-se nele. Uma mulher esfregava o vidro de perfume em seu rosto, tinha a cara de quem sentia prazer. Com aquele modesto adjutório, Dos Passos teve de bufar muito e de muito apelar para a imaginação. Fui espiá-lo, para me certificar de que não me tapeava. Vi quando saíram míseras gotas de um esperma ralo. Aquele pau, pelo menos naquela noite, não dava mais nada. Então consenti em que ele voltasse para a cama. Tanto eu como ele ainda estávamos com sono. E dormimos em paz.

E foi assim que cheguei à conclusão: para continuar dormindo ali, teria de institucionalizar esse método preventivo. No mais, Dos Passos revelava-se um companheiro excelente. Quando levantamos da cama, já era quase meio-dia e ele se mostrava bem-disposto, alegre, embora as suas olheiras estivessem maiores do que a própria cara. Antes de aludir aos problemas que havíamos tido durante a noite, falou de coração aberto:

— Escuta. Eu fui com a sua cara, apesar da sacanagem que você me fez.

— Que sacanagem?

— Ora bolas, me obrigou a bater punhetas, uma atrás da outra. Estou arrebentado.

— O culpado foi você. Quem mandou querer me enrabar?

Ele fez um gesto magnânimo, como se isso não tivesse importância:

— Vamos ao que interessa. Eu moro aqui com alguns companheiros, já lhe disse isso. Eles estão sempre em viagem, quero dizer, estão se virando por aí. Quando as coisas ficam pretas, eles voltam. O engraçado é que, embora cada qual se vire por conta própria, quando a coisa fica ruim para um, fica ruim para todos. Deve haver alguma lei que regula essas coisas. Já lhe disse que, volta e meia, recebemos alguma tarefa do chefe mas ultimamente ele não tem precisado de nós. Creio que a conjuntura está boa para ele, não nos tem dado trabalho. Politicamente, o que que você é?

— Não sou nada.

— Nota-se. Antes assim. Não irei convertê-lo. Troando em miúdos, você pode morar aqui, e não nos chatearemos. Tenho ideias a nosso respeito.

— Eu não tenho dinheiro para lhe pagar. Preciso arranjar um emprego.

— Deixa o pagamento para mais tarde. Por ora, nós podemos continuar explorando o negócio.

— Que negócio?

— O negócio, ora essa. O seu pau.

— Acha que ele dá alguma coisa?

— Dá. É claro que dá. Não vê que já deu alguma coisa? O azar foi que caímos nas mãos de vigaristas. Mas deu para sentir, os prognósticos são excelentes. Não vamos repetir a mancada, da próxima vez pediremos dinheiro adiantado e em espécie. Há gente honesta no mundo. Gente como eu e você.

Tomou o meu silêncio como aprovação. De tanto ficar calado, Dos Passos ia tomando conta do meu destino e do meu pau.

— Como já deve ter notado, tenho muitas ideias.

Concordei, mas assim mesmo duvidei que ele tivesse qualquer ideia que fizesse o meu pau render alguma coisa. Pensei em revelar o fracasso na casa de penhores. A tentativa frustrada podia abrir inesperados caminhos na cabeça de Dos Passos. Eu não precisava auxiliá-lo nesta tarefa.

— Tenho planos para nós dois. Veja só, podemos fazer qualquer coisa neste mundo, basta um pouco de capital e muito engenho. Não temos capital mas tenho engenho de sobra.

— E eu? Com que eu entro?

— Com o nosso capital, que é o seu caralho. Veja esta ideia. Vamos no alto do Corcovado, à noite, e explodimos o Cristo Redentor. É uma estátua de quase quarenta metros, não serve para nada. Destruída a imagem, nós fazemos um monumento ao caralho e o botamos lá em cima. Evidente que precisa ser um caralho monumental, que possa ser visto a distância, apontando para o céu. À noite, será iluminado. Turistas irão visitá-lo. Ele será o símbolo deste povo, desta cidade, deste país. Mais do que isso, será o símbolo da humanidade, o barro de Adão, o sopro do Criador, o pau rijo, erguido contra o céu. Garanto que é uma grande ideia. O diabo é encontrarmos financiamento.

— Custa caro?

— Bem, necessitamos de dinamite para destruir o atual Cristo Redentor. Verba para movimentar a opinião pública. Dinheiro para subornar as autoridades. Precisamos contratar uma agência de publicidade, interessar as classes produtoras, os órgãos oficiais de turismo, as Forças Armadas, os estudantes, o povo em geral.

— Você não vai precisar do pau. Pode fazer tudo isso sem ele. Dinamita a estátua, faz a campanha, recolhe o dinheiro, manda fazer o caralho em concreto armado, e pronto. O pau não precisa entrar nisso.

Dos Passos abanou os braços, aborrecido com a minha falta de imaginação:

— Aí é que está a coisa! Ele entra sim. É o mais importante de tudo. Não adianta fazer uma estátua em forma de caralho. É preciso que haja um diferencial. E esse diferencial é justamente o seu caralho. Ele será conservado numa ampola de cristal, ao pé do monumento. Na realidade, o caralho de concreto será o formidável sacrário que abrigará um pau verdadeiro, de carne e osso.

— Caralho não tem osso.

— Falei em sentido figurado. Não me atrapalhe com essas filigranas. Veja: eu viajei pelo mundo e sei como são as coisas. Em Nápoles, há uma igreja que tem o coração de um santo numa urna de vidro. No dia de sua festa, os fiéis se reúnem na igreja e suplicam o milagre. Se o sangue ferver, haverá abundância nas colheitas, o vinho será mais encorpado, o gado engordará mais depressa. O milagre é besta: o coração, que passa o ano inteiro dentro de uma ampola com sangue coagulado, começa a pulsar, o sangue borbulha dentro do vidro. É um espetáculo repugnante. E são os padres que conseguem o milagre, botando a ampola em cima de um fogareiro a álcool escondido por véus e estolas. Nós não vamos prometer milagres, mas é possível que surjam alguns.

Eu ouvia em silêncio e olhava o vidro de compota. Imaginava uma romaria diante dele, gente beijando-o, invocando o meu caralho como a um pequenino Deus. A ideia não era má, mas havia um detalhe importante: eu prometera nunca me separar dele.

— Não, Dos Passos, a ideia é boa, mas é impossível. Eu prometi...

— Não vá atrás de promessas. Prometeu a quem? A você mesmo. Agora despromete. Não prejudica a ninguém.

— Mas o juiz de menores, as classes produtoras vão reclamar.

— O juiz de menores também tem pau e saberá compreender os nossos motivos. Todo mundo tem pau. Menos as mulheres. Mas essas precisam de pau. Dá na mesma.

Comecei a vacilar. Na verdade, seria um bom lugar para deixar o meu pau: num altar, como se fosse uma hóstia.

De repente, Dos Passos abaixou o rosto, acabrunhado.

— Que foi? — perguntei.

— Não. Não serve. A ideia é boa mas não dá pé.

— Por quê?

— Porque o Estado acabaria tomando conta do negócio. E nós ficaríamos na miséria. Seria criado um instituto, uma repartição para administrar a coisa, todos pagariam ingresso, seria uma renda para os cofres públicos, mas nós continuaríamos na pior. Sou favorável ao Estado, ao Estado forte e onipresente. Mas admito que ele é um péssimo administrador das ideias alheias. Principalmente quando essas ideias são minhas.

XVI

A ideia de botar o pau no alto do Corcovado foi abandonada. Mas Dos Passos prometeu que nunca mais me abandonaria: daí por diante, com ideias ou sem elas, eu deveria ficar junto dele, para gozar dos benefícios de sua proteção — e de suas ideias.

Dinheiro não seria problema: Dos Passos tinha os rendimentos de uma aposentadoria, fora não sei o quê da Polícia Militar, metera-se em encrencas, conseguiu provar que sofria de perturbações cerebrais. Considerado incapaz para o serviço público, foi reformado com direito a um soldo alegórico. Dava para viver, desde que ele o suplementasse com ideias.

Antes de fazer o caralho trabalhar num filme, ele tivera outras ideias igualmente brilhantes: trabalhara num circo como homem que engole fogo. Prometeu-me ensinar o truque mas eu jamais cobraria a promessa: já tinha bastante problemas e não iria comer fogo por aí. Seria exagero. Outra de suas ideias foi a fundação de uma religião baseada na macumba, no futebol, no samba e na psicanálise. Não sei em que deu a mixórdia. Dos Passos garantiu-me que voltaria ao projeto, em tempo oportuno.

Oportuno é declarar que aceitei a proteção de Dos Passos, embora mantivesse minhas exigências: compartilharia de sua cama, de seu quarto e de sua vida desde que ele, todas as noites, antes de deitar-se, tocasse quatro a cinco punhetas consecutivas. Isso me garantiria contra a possibilidade de uma enrabação noturna. Podia se dar o caso de, em determinada noite, estar muito cansado, dormir profundamente — e minha virgindade correria perigo. Obrigando-o a masturbar-se antes de se deitar, eu poderia dormir em paz.

Dando mostras de boa vontade para formar uma vida comunal, Dos Passos não só aceitou a sugestão como providenciou a respeito: arranjou num sebo da rua da Carioca uma provisão de velhas revistas obscenas, uma velhíssima coleção da *Playboy*, com páginas já emporcalhadas, com manchas de masturbações anteriores, alguns livros pornográficos, entre os quais um que logo foi promovido à leitura preferencial: *Branca de Neve contra o Exorcista*.

Assim abastecido, ele teria um adjutório eficaz para bater a quarta ou mesmo a quinta punheta, uma vez que a primeira, a segunda e a terceira não lhe custavam esforço algum.

De minha parte, eu entrava apenas com a companhia. Dos Passos não me exigia nada, nem mesmo dinheiro. Apesar disso, sempre que eu arranjasse algum, com ele dividiria em espírito de comunidade.

A verdade é que pouco arranjava. A mulher da praça da Bandeira, que no momento era a única fonte de renda, logo ficou escabreada e mandou-me embora, pedindo que nunca mais voltasse. Visitei-a algumas vezes, ela chegou a me dar cinquenta cruzeiros numa tarde de loucura, quando se entregou a desvarios que eu jamais julgara possíveis.

Foi então que resolvi levar Dos Passos comigo, para ver se ela institucionalizava os cinquenta cruzeiros. A velha ficou inibida. Expliquei-lhe que o meu companheiro poderia trepá-la normalmente, mas ela achava que isso seria uma infidelidade à sua amiga. Comigo o negócio era diferente, eu era um mutilado. Sendo ela virgem, com Dos Passos seria deflorada. E tanto ela como a amiga haviam prometido, uma à outra, que seriam virgens de homem.

Perdendo aquele rendimento, caí em depressão que coincidiu com uma das mais brilhantes ideias de Dos Passos. Foi na noite daquele dia em que, pela última vez, visitara a velha da praça da Bandeira. Eu estava mudando de roupa para dormir, Dos Passos já havia se masturbado e, excepcionalmente, além das quatro punhetas a que se comprometera, conseguiu bater mais duas suplementares, a visita à velha o excitara.

Estava eu nu quando Dos Passos reparou que os meus pentelhos eram grandes e encaracolados. Desde que passara a inicial curiosidade pela minha cicatriz, desinteressara-me de olhar para baixo e não percebera que os pentelhos, raspados por ocasião da castração, estavam crescendo mais do que o habitual.

Dos Passos aproximou-se, olhou com atenção e exclamou:

— Nunca vi um pentelho assim! Veja como é comprido!

Esticou um deles e me surpreendi com o tamanho: tinha quase meio metro. Era mais grosso do que os primitivos, e bem mais encaracolado. Faziam um tufo espesso, que cobria por inteiro a zona operada. Junto à virilha, de onde saía o buraquinho da matéria plástica, não havia pelo algum. O resto era um denso matagal de pentelhos.

— Sempre foram assim? — Dos Passos mostrava-se interessadíssimo.

— Creio que não. Nunca me preocupei com eles. Mas acho que não. Eram do tamanho normal, como de todo mundo.

Pensei que o assunto morria ali. Contudo, a curiosidade de Dos Passos era suspeita: quando cismava com alguma coisa, era sinal de que uma ideia entrara em gestação.

Não deu outra. Berrou no meio do quarto:

— Tive uma ideia!

Eu já estava deitado, quase dormindo, e não me importei com a ideia que acabara de nascer na cabeça dele. Depois do projeto de dinamitar o Cristo Redentor, Dos Passos atravessava fase adversa — conforme ele próprio reconhecia. Todas as ideias mixavam no nascedouro. Ultimamente, nem chegava a nascer nada em sua cabeça, a não ser um pouco de caspa.

Desta vez a coisa veio vindo e percebi que Dos Passos virava-se na cama, sem conseguir dormir. Até que acendeu a luz e pediu que de novo lhe mostrasse os pentelhos. Arriei as calças e Dos Passos começou a me esticar os pelos. Separou um e passou a catar os outros. Em seguida separou mais outro e depois outro.

— Estupendo! Formidável! Vamos fazer um dinheirão!

A convicção com que falou era tão forte que levei um susto: talvez me tivesse nascido ouro sob os pentelhos.

— Veja — começou Dos Passos —, os pentelhos são compridos. Alguns cresceram mais de meio metro. Outros já passam de trinta centímetros. O importante não é isso. Veja só: a espessura. Uns são grossos, outros mais finos, outros finíssimos. Vai ser formidável!

A ideia dele era fazer um violino com os meus pentelhos. Dos Passos conhecia um camarada, um tal de Xavier, que em tempos idos fora músico num restaurante da antiga Galeria Cruzeiro, velho prédio que ocupava o espaço onde hoje se encontra o Edifício Avenida Central. Xavier tinha uma cachorrinha que morreu atropelada numa rua da Ilha do Governador, caiu em depressão, deu para beber, não tocava nada, ninguém o queria. Venderia o seu velho violino por qualquer preço. Talvez nem vendesse, mas aceitasse participação no negócio.

Arranjado o violino, era só arrancar as cordas. Depois, seriam colocados os meus pentelhos, bem esticados. Como tinham espessuras variadas, e eram resistentes, só ficaria faltando a afinação. E pronto. Teríamos um violino.

— Mas qual a vantagem de termos um violino?

— A vantagem? — perguntou Dos Passos, atônito.

— Sim, a vantagem. Como é que esse violino vai dar dinheiro? Em que será melhor do que os outros violinos? Só poderá ser pior.

Dos Passos habituara-se à minha falta de imaginação. Explicou-me em detalhes a ideia. Admitia que a coisa não era fácil, mas não custaria tentar:

— Olha, o nosso violino será o único do mundo feito com pentelhos. Você já ouviu histórias sobre violinos mágicos? Em qualquer folclore, há sempre a lenda de um violino mágico. Lembro uma, que li em criança: "O violino do Diabo". Quem o tocasse, obrigava os outros a dançar. O dono dele ia a um castelo, começava a tocar, aí o rei, a rainha, os pajens, os duques, os fâmulos, todos começavam a dançar. Dançavam até caírem exaustos. O sujeito então comia e bebia do melhor. Se tivesse vontade, e valesse a pena, trepava a rainha, as princesas, enrabava as damas da corte. É isso aí! Teremos um violino assim.

— Eu ainda não sou o Diabo.

— Nem precisa. Bastam os seus pentelhos.

Dos Passos estava excitado. De pé, em cima da cama, como se escrevesse em letras garrafais num muro imaginário, destacou as sílabas:

— O VI-O-LI-NO A-FRO-DI-SÍ-A-CO.

E repetia, extasiado:

— O VI-O-LI-NO A-FRO-DI-SÍ-A-CO.

— Que troço é esse?

— Um violino, ora essa! Com propriedades afrodisíacas. Terá um som que exasperará os sentidos e promoverá bacanais coletivas. Ninguém resistirá ao som dele.

Dos Passos tinha capacidade de acreditar em tudo o que imaginava. E sabia transmitir essa confiança aos outros, principalmente a mim. Eu próprio só não concordara com a outra ideia — a de fazer do meu pau um monumento para substituir o Cristo Redentor — porque Dos Passos foi o primeiro a desanimar do projeto. Se ele insistisse, eu acabaria concordando.

A confiança dele nesse empreendimento era firme. Tão firme que mandou que eu arriasse as calças e me deitasse.

— Vou tirar seis pentelhos para o violino.

— Seis? De quantas cordas um violino precisa?

Nem Dos Passos nem eu sabíamos quantas cordas tem um violino, mas era irrelevante. O violino seria tão especial que uma corda a mais ou a menos pouco importaria.

— Bem, vou tirar apenas seis pentelhos. Dos maiores.

Catou com paciência os fios, comparou-os uns com os outros, e decidiu-se pelo primeiro. Tinha quase quarenta centímetros, era dos mais grossos.

— Prenda a respiração para doer menos.

Prendi a respiração, nem por isso doeu menos. Senti uma dor profunda, pois a região permanecia dolorida. Depois, ele foi tirando outros, procurando os de maior tamanho e de espessura cada vez menor.

Foi difícil encontrar o mais fino, todos eram mais ou menos grossos. Apesar da dificuldade, conseguiu localizar um.

— Pronto. Não doeu tanto assim.

— Bem, agora falta o violino.

— Não há problema. Amanhã teremos o violino.

No dia seguinte, enquanto fui à cidade ver se arranjava um emprego — eu não conseguira encontrar o tal botequim e andava à cata de qualquer coisa que me ocupasse o dia e me livrasse da total dependência de Dos Passos — o meu companheiro mandou-se para os subúrbios.

Voltou, à noite, com um violino debaixo do braço. Um imprestável e rachado instrumento que para facilitar o nosso trabalho, nem tinha mais cordas. Dos Passos passou a noite concentradíssimo na tarefa de colocar os pentelhos nos respectivos encaixes. O último deles não dava pé: era curto demais. Foi preciso um pentelho suplementar, cuja retirada doeu-me horrivelmente, com a devastação da véspera, a região ficara mais sensível.

— Pronto. O violino está aqui. Veremos agora o som.

Dos Passos apanhou o arco e arranhou os pentelhos. Saiu um som sem pé nem cabeça, parecia o arroto de um homem gordo depois de ter comido uma feijoada.

— Está desafinado. Mas dá-se um jeito. Amanhã levo para um músico afiná-lo.

Apesar disso, e como não tínhamos nada a fazer, ele tentou afinar por conta própria, até que obteve um som mais ou menos coerente, que me causava arrepios.

— Acho que está melhorando. O diabo é que não sei tocar violino.

Mas logo reconheceu que não precisava saber tocar nada. Bastava arranhar o violino, obter do instrumento qualquer tipo de som. Meia hora mais tarde, admitiu que estava ótimo. E pediu-me que ouvisse com atenção.

— Não está sentindo nada?
— Não.
— Nada mesmo?
— Nada.

Eu continuava apenas arrepiado. O som era detestável.

Dos Passos tocou mais um pouco.

— Para mim está ótimo — disse. — Já fez efeito.

Largou o violino e foi se masturbar no banheiro, sem levar as revistas de praxe. O violino era afrodisíaco, ao menos para o seu criador: superou uma barreira pessoal batendo seis punhetas consecutivas.

Perguntou-me se eu sentira alguma coisa. Disse-lhe que não, e outra não poderia ter sido a minha resposta. Faltavam-me os meios necessários para sentir qualquer excitação. Dos Passos compreendeu que a pergunta fora estúpida, assim mesmo fiquei-lhe grato pelo interesse.

— Amanhã você verá o efeito do violino. Ganharemos muito dinheiro e seremos felizes.

Pensei que Dos Passos, após ter montado e tocado o violino, e tocado também as seis punhetas, cairia na cama e dormiria. O violino o excitara realmente. As seis punhetas não o aplacaram. Ficou andando, de um lado para outro, em largas passadas. Temi que lhe nascessem novas ideias àquela hora da noite. Súbito, parou, olhou-me com seriedade e comunicou:

— Tive uma ideia maravilhosa!

Eu já estava quase dormindo, pedi que deixasse a ideia para o dia seguinte. Dos Passos reprovou-me a apatia:

— Não é nada do que você está pensando. O violino aí está, provando o poder de minhas ideias. Agora pensei em outra coisa, que não dará nenhum trabalho a você e poderá me dar algum dinheiro e, quem sabe, um pouco de glória. Será a história do macarrão.

— Macarrão?

Temi que tivesse inventado uma fórmula de transformar os meus pentelhos em macarrão. Felizmente não era isso. Dos Passos me tranquilizou:

— Não. Não se assuste, não vou arrancar um só fio dos seus pentelhos. O fato é que dos pentelhos fiz cordas de violino. Uma operação de transcendência, que pode ter outras aplicações. Ou seja: uma coisa virar outra, entende? Os padres dizem que Cristo vira pão e vinho durante as missas. Os lobisomens são homens que em noites de lua viram lobos. Os vampiros são condes que viram morcegos. Se tudo pode mudar em outra coisa, por que um determinado homem não pode virar macarrão?

Continuou andando de um lado para outro, até que me perguntou:

— E se você de repente se transformasse em macarrão?

Eu me habituara às excentricidades de Dos Passos, mas aquilo era assombroso demais:

— Quem vai virar macarrão? Eu?

Dos Passos abanou os braços, condenando-me a ignorância.

— Você é um sujeito sem imaginação, sem sensibilidade. Já li um conto de um homem que virou inseto. Por que não faço eu um conto do homem que vira macarrão?

No terreno da ficção, Dos Passos podia fazer o que bem entendesse. E foi o que ele fez. Apanhou um caderno e começou a escrever. Aproveitei para dormir. Mas logo fui despertado. Queria que eu fosse o primeiro a conhecer o seu trabalho. Garantiu-me que um conto daqueles, num país mais civilizado, renderia um futuro.

Cambaleante, dividido entre o sono e a vontade de ser gentil com o companheiro, ouvi Dos Passos ler em tom declamatório, com voz de orador empolgado:

O HOMEM QUE VIROU MACARRÃO
(e como tal foi comido)

Antônio Gomes Sobrinho era um chefe de família exemplar, e, para sê-lo, dedicou-se a se tornar um funcionário exemplar, e, para sê-lo, transformou-se num patriota também exemplar. Tamanha e tanta exemplaridade incluía práticas e táticas sutis que iam de exemplar escovadela de dentes pela manhã a uma exemplar leitura dos jornais à noite, passando, pelo resto do dia, por excelentes e salutares exemplos de marido e pai de família, de funcionário honesto e de cidadão exemplar, cumpridor de todas e quaisquer posturas municipais, estaduais e federais.

Trabalhava como chefe do almoxarifado de uma agência dos Correios e Telégrafos, função a que se alçara por merecimento e justiça. Conseguira descobrir o paradeiro de uma carta que fora enviada do território do Amapá para a rua Cupertino Durão, no Leblon, carta essa que se extraviou numa agência funerária do Piauí, foi arquivada num posto de vacina obrigatória do Ceará e terminou numa lixeira da Estação de Tratamento de Águas e Esgotos do Paraná. Apesar de tão complicado roteiro, a carta foi descoberta por Antônio Gomes Sobrinho e entregue a seu destinatário, que o era também por merecimento, pois no envelope da citada carta havia uma única indicação: AO MAIOR HOMEM DO BRASIL.

Este exemplo de funcionário era também exemplo de patriota. Usava na lapela um distintivo comemorativo do 138º aniversário da proclamação da nossa Independência, comparecia aos cívicos atos a que era geneticamente convidado todas as vezes que as autoridades promoviam efemérides e mandavam avisar que o povo era convidado. Paradas militares, sessões literomusicais em homenagem às datas históricas, romarias ao cemitério de São João Batista por ocasião das lutuosas lembranças da Intentona Comunista de 1935 — tudo isso constituía um calendário que Antônio Gomes Sobrinho respeitava e fazia respeitar. Sua mulher era obrigada a ir, e o fazia com ânimo compenetrado. Seus filhos também, pois Antônio Gomes Sobrinho tinha nove filhos de diferentes tamanhos e serventias. Considerava o Lar um prolongamento da Pátria e da Repartição, pois igualmente considerava a Pátria um prolongamento do Lar e da Repartição. O que o obrigava a uma terceira e coerente consideração: a Repartição era-lhe um prolongamento do Lar e da Pátria.

E foi assim que um dia, ou melhor, uma noite, Antônio Gomes Sobrinho teve um sonho extravagante: sonhou que era macarrão, e, como tal, era comido.

Ao acordar, Antônio Gomes Sobrinho sentiu uma dor no baixo-ventre. Pesquisou com a mão a glútea região, até que encontrou um ponto doloroso, ou melhor, que doía mais do que os outros: na realidade, tudo lhe doía. Espantado ficou Antônio Gomes Sobrinho quando percebeu que este ponto doloroso coincidia com o seu ânus. Até então, Antônio Gomes Sobrinho nunca se importara com o ânus. Era, a bem dizer, um chefe de família, um funcionário e um patriota sem ânus. Este só lhe servia para finalidades específicas, pois para específicas finalidades Antônio Gomes Sobrinho *dele se servia.*

Por espantosa coincidência, quando Antônio Gomes Sobrinho acercou-se da mesa para tomar o café da manhã, notou que a mulher colocara à cabeceira, onde ele habitualmente se sentava, uma vasta terrina de macarrão.

— O que é isto? — bradou AGS.

A mulher caiu num pranto convulso e confuso. Explicou-lhe que havia sonhado estar o seu marido tísico, por isso decidira alimentá-lo melhor e mais adequadamente. Em vez do habitual café com leite, do pão com manteiga, ela providenciara um prato de matinal sustância.

— Pois, de hoje em diante, ninguém come macarrão nesta casa! — proclamou Antônio Gomes Sobrinho.

Afastando o prato, AGS *abriu o jornal que lia todas as manhãs e ficou pasmo, mais pasmo do que ofendido, ao ver a manchete da primeira página:* DECRETADO O USO DO MACARRÃO OBRIGATÓRIO. *Ficou sabendo que as autoridades haviam determinado que o povo, o clero, as associações esportivas e de assistência aos flagelados da seca, todos enfim deveriam, a partir daquela data, comer obrigatoriamente macarrão em duas modalidades alternativas: ao sugo ou ao forno. Nos parágrafos subsequentes ficavam estabelecidas as diversas usanças e privanças para o uso e gozo do macarrão.*

Foi o bastante para que Antônio Gomes Sobrinho requisitasse o prato que antes recusara e começasse a devorá-lo, enquanto meditava sobre as excelências da nova medida governamental, que possibilitaria aos funcionários e demais cidadãos do Estado ou da iniciativa privada comparecerem devidamente alimentados ao serviço.

Quando chegava ao fim, já empanturrado de macarrão, Antônio Gomes Sobrinho sentiu uma dor naquela justa parte que amanhecera doendo.

Fez esforço para continuar comendo, até que conseguiu raspar o prato, para gáudio de sua mulher, que promoveu-lhe uma ovação, na qual tomaram parte os nove filhos e mais um agregado que entrara na sala na justa hora para entregar um telegrama a Antônio Gomes Sobrinho. O qual, em abrindo o telegrama, tomou conhecimento de que fora demitido a bem do serviço público, pelo fato, também público, de ser homossexual.

Antônio Gomes Sobrinho correu à repartição a fim de repelir a infâmia e ao mesmo tempo desmanchar o equívoco. Nada pôde fazer:

— O senhor será submetido a um exame de corpo de delito.

Uma comissão de ginecologistas, otorrinolaringologistas e proctologistas estava formada e informada da acusação que o Estado fazia a Antônio Gomes Sobrinho. Arriaram-lhe as calças e com um estetoscópio vasculharam-lhe as profundezas e suas naturais adjacências, até que um dos médicos gritou:

— Eis!

Com uma pinça esterilizada alçou a ponta do macarrão que se escondia numa das dobras de seu intestino e começou a puxar. Um fio esguio e interminável começou a sair de Antônio Gomes Sobrinho. De início, os médicos se espantaram de macarrão tão longo. Logo se habituaram. Puxaram, puxaram, puxaram e o fio não terminava. Aos poucos, foram percebendo que Antônio Gomes Sobrinho era feito de um único fio, de um único macarrão.

Não houve horror nem tremor quando, ao fim de duas horas, nada mais restava de Antônio Gomes Sobrinho. Ele havia se desfeito como um novelo de lã, e, em seu lugar, havia um amontoado de macarrão ao sugo, que os três médicos, mais cinco enfermeiras e um propagandista de laboratório trataram de devorar, pois era chegada a hora de os homens e mulheres do país comerem a sua ração. Posto o quê, a Pátria prosperou e seus filhos cresceram em formosura e graça, até os fins dos tempos.

XVII

Dos Passos terminou a leitura — e parecia realmente um orador de comício que espera os aplausos da multidão. A multidão era eu e não me sentia obrigado a aplaudir porra nenhuma. Nada entendera daquela história e daquele macarrão. E o nome do personagem (Antônio Gomes Sobrinho) me parecia íntimo, talvez o de um juiz de futebol, de um suplente de vereador paulista, sei lá.

Ficou decepcionado com a minha indiferença:

— Se eu recitasse "As pombas" do Raimundo Correia, o "Ora, direi, ouvir estrelas", do Bilac, você me aplaudiria.

— Não compreendo essas coisas. Sou apenas um homem sem pau.

Dos Passos chateou-se e eu me prometi fazer-lhe a vontade da próxima vez. Viesse ele com o que viesse, eu o aclamaria com entusiasmo, não me custava fazer-lhe esta vontade, que era bem mais inocente do que a maioria de suas vontades. Mas seria exagero obrigá-lo a ler o conto outra vez, nem poderia obrigá-lo a fazer outro, ali na hora, tal como o obrigava a bater punhetas.

Para ser gentil — era a primeira vez que o via emburrado — elogiei-lhe a ideia do violino. Dos Passos logo se recuperou, não esperava tão súbita adesão. Eu sempre ia na sua conversa, mas de modo ambíguo, querendo e não querendo, isso o incomodava. Diante do elogio ao violino afrodisíaco, ele se desanuviou e entrou a sonhar:

— Vamos fazer grandes sacanagens!

No dia seguinte, saímos os dois: eu com o vidro de compota debaixo do braço; Dos Passos com o violino. Fazíamos contraste: enquanto eu procurava, como sempre, esconder o meu fardo, ele fazia questão de exibir o dele.

Fomos para a Central do Brasil, Dos Passos queria estrear o violino numa igreja do subúrbio. Tinha um amigo que era sacristão no Encantado e isso poderia facilitar as coisas. Pelo efeito que o violino fizesse na igreja, poderíamos avaliar a sua eficácia.

Quando íamos tomar o trem que nos levaria ao subúrbio, fomos abordados por um desconhecido. Vendo Dos Passos com um violino, queria contratá-lo para tocar numa orquestra que animaria um baile, naquela noite mesmo, em Todos os Santos. O sujeito arranjara seis músicos mas faltava um violino e um piano. Já desanimara de obter esse reforço quando encontrou Dos Passos e seu violino. Agarrou-se aos dois, dificilmente encontraria ali na estação um sujeito levando um piano debaixo do braço.

Foi um custo explicar que Dos Passos não sabia tocar nada. O sujeito argumentava que tinha um contrato, o dono do baile exigira que o conjunto tivesse um violino, fizera questão disso, Dos Passos nem precisaria tocar nada, só fingiria que tocava, era exigência do contrato.

Depois de muita relutância e diante da garantia de que a sua presença seria apenas decorativa, Dos Passos concordou. O sujeito pagaria cinquenta cruzeiros pela nossa participação, e eu seria aceito como assistente e eventual substituto do violinista. Era um dinheiro que não podíamos desprezar.

Os nossos serviços só seriam necessários à noite, e, até lá, haveria tempo para testarmos na igreja do Encantado os efeitos afrodisíacos do instrumento. Dos Passos exigiu um adiantamento e o sujeito concordou em pagar vinte cruzeiros por conta.

Lembrando-se do cheque sem fundos que recebera da equipe de cinema, Dos Passos exigiu:

— Quero em espécie!

Foi pago em espécie.

— Estaremos lá sem falta. O meu amigo é tão bom no violino como eu. O pessoal vai gostar.

— Se tudo correr bem, além do restante do pagamento, poderão ganhar uma gratificação. Não esqueça o endereço.

— Não esquecerei.

O sujeito partiu e nós partimos também, rumo ao subúrbio. Pela janela do trem vimos a torre da igreja do Encantado, lá longe.

— É aquela ali.

O sacristão chamava-se Augusto, tinha uma cicatriz no rosto. Dos Passos, mais tarde, me explicaria que aquela navalhada fora por causa de mulher. Não conhecia maiores detalhes, nem me incomodei em sabê-los, Augusto recebeu-nos com alegria, declarou que quem mandava na igreja era ele. O vigário, um monsenhor que começava a sofrer de esclerose cerebral, estava mais para lá do que para cá. Limitava-se a celebrar a missa diária, missa bagunçada e sem devoção. Os fiéis que frequentavam o templo eram velhos também, e raros.

Ao reparar que Dos Passos trazia um violino, o sacristão manifestou perplexidade. Jamais imaginara que ele tocasse qualquer instrumento. Pensou que eu seria o músico e avisou que poderia tocar o que quisesse, menos música de Carnaval e de macumba.

Dos Passos, que não pretendia tocar qualquer espécie de música, declarou que concordava com as exigências. Garantiu que o forte dele era um repertório atemporal, que combinaria com a igreja e com a piedade dos fiéis.

Haveria uma missa pouco depois, celebrada pelo monsenhor esclerosado. Há anos ninguém tocava nada naquela igreja. Subimos ao coro, que se transformara num depósito de coisas velhas, imagens depredadas, castiçais quebrados, um velho *harmonium* que entrara em decomposição, coberto de teias de aranha. Não seria o padre que reclamaria contra um pouco de música dando à cerimônia alguma solenidade.

Esperamos pela missa. Que demorou: não havia ninguém. Afinal, lá pelas onze horas, chegaram algumas beatas, velhas, alquebradas, uma delas se apoiando na bengala.

Augusto tocou uma campainha e o monsenhor apareceu no altar. Dos Passos botou o violino em posição e começou a arranhar os meus pentelhos.

De início, o padre estranhou o barulho. Voltou-se para o coro e procurou adivinhar o que se passava. Augusto disse alguma coisa no ouvido dele e o padre sossegou, prosseguindo com a missa.

Eu próprio, que já estava mais ou menos acostumado com o som daquele instrumento, fiquei irritado. E como nada de anormal acontecia, Dos Passos teve outra de suas ideias, que lhe nasciam aos borbotões. Mandou que eu colocasse o vidro de compota em cima da amurada do coro. O som sairia do violino, atravessaria o vidro e desceria com eflúvios que Dos Passos acreditava serem afrodisíacos.

A bem da verdade, a coisa melhorou um pouco. As beatas, lá embaixo, começaram a olhar para trás, um tanto agitadas. E antes do Ofertório podia-se perceber que o violino causara algum efeito, ainda que fosse apenas uma irritação generalizada. Na altura da Consagração, as velhas, que deviam estar mais piedosas, estavam mais inquietas. Coçavam-se e roçavam-se umas nas outras. E até o sacristão, que não tinha em quem roçar, deixou de dar assistência ao celebrante e começou a olhar para as velhas, avaliando a estropiada messe de que dispunha. Não era convidativa, mas antes aquilo do que nada.

Tão logo o padre iniciou o evangelho de são João, já no fim da missa, as velhas tomaram a direção da sacristia e Augusto seguiu-as, abandonando definitivamente o celebrante. O padre ficou sozinho, mas parecia não se incomodar. Continuou resmungando as orações no mesmo tom aborrecido e monótono.

De repente, Dos Passos passou-me o violino:

— Continue tocando que eu vou lá embaixo.

Antes mesmo que eu pudesse recusar, Dos Passos desceu do coro e seguiu para a sacristia, deixando-me com o violino na mão, apatetado, sem saber o que fazer com ele. Lá de baixo, fez-me sinais para que continuasse tocando.

Não tinha outro jeito e já me habituara a obedecer. Comecei a tocar para ninguém mesmo, pois o padre acabara a missa e também tomara o caminho da sacristia. Os efeitos do violino podiam não ser afrodisíacos mas tinham qualquer coisa de infernal. Eu arranhava os meus ex-pentelhos, a princípio com algum nojo, ou simples tédio, mas logo tive a sensação de que não mais poderia parar, mesmo que quisesse.

Na verdade, só parei quando Dos Passos, meia hora mais tarde, tomou-me o violino. Suado, descabelado, havia se fartado com as velhas que tinham entrado em cio.

— Comi cinco! Augusto comeu outras tantas! O violino é um sucesso. Está aprovado. Ficaremos ricos.

— E o padre? Não reclamou?

— Parece que não entendeu o que estava havendo. Mesmo assim gostou do violino, pediu que eu voltasse. Não poderia me pagar mas prometeu que rezaria por mim.

— E você pretende voltar?

— Quem sabe? Gostei das velhas. E Augusto disse que poderia arranjar outras, aumentar o rebanho.

— Você volta sozinho. Não creio que eu seja necessário.

Dos Passos fez cara aborrecida. Eu era um bronco, não atingia o âmago de suas ideias. O vidro com o pau dentro era indispensável à criação do clima.

— Não, você volta também. Sem você e sem seu pau em compota, nada feito. Dividiremos os lucros. Pensando em termos econômicos, você é o capital. Eu sou o trabalho.

A afirmação tinha uma dose de lisonja. E um certo mistério. Abria-se a possibilidade de explorar Dos Passos e não mais ser explorado por ele. O melhor mesmo era não aprofundar aquela estranhíssima divisão dos meios de produção. Bem ou mal, admitia que aquilo tudo podia não me dar nenhum lucro mas me distraía.

Voltamos à cidade e fizemos tempo para o baile. Quando a noite caiu, lá fomos nós, dispostos a tudo. Para se precaver, Dos Passos tomou umas doses de cachaça e quis obrigar-me a isso. Recusei. Não quis encher a cara. Preferi enfrentar com lucidez o futuro que nos esperava.

XVIII

Chegamos atrasados e o baile já havia começado. O dono da festa, um tal de Seabra, comemorava um fato íntimo que se tornara público: durante dois anos vivera com uma mulata de Todos os Santos cujo nome era Tatiana, embora atendesse pelo apelido de Lucy. A mulata fugira com um motorista de caminhão que morava em Pindamonhangaba. Após alguns meses na aprazível estância paulista, voltara humilhada e arrependida a Todos os Santos e ao leito do Seabra.

Foi esta mulata que nos recebeu e nos indicou o lugar da orquestra, que lá estava, desfalcada apenas do violino de Dos Passos.

— Viva! O Seabra estava reclamando que faltava o violino!

— Ei-lo! — disse Dos Passos, exibindo o instrumento como um troféu.

A mulata virou-se para mim:

— E o senhor toca o quê? — perguntou, olhando com curiosidade para o vidro de compota, procurando adivinhar que instrumento podia ser aquilo.

Eu ia dizer que tocava maraca mas Dos Passos respondeu por mim:

— Ele não toca nada. É o meu assistente.

Foi o cargo mais importante que me deram, até hoje. Assistente de Dos Passos e de seu pentelhado violino. Era uma qualificação.

Subimos ao estrado e o homem que contratara Dos Passos o recebeu com entusiasmo:

— Você estava faltando, por isso a festa não pegava. Agora a coisa vai esquentar!

— Estou certo disso — disse Dos Passos, botando o instrumento em posição.

Por sinal, uma posição nada ortodoxa em termos de violino. Ele não o encaixava entre o ombro e o pescoço, como seria de se esperar de um virtuose que ele não era. Segurava o violino como uma bandeja apoiada no corpo. Com o arco obtinha um som detestável.

Som que pouco se podia notar, pois ficava abafado pela música do resto do conjunto, que fazia mais barulho que música.

Começou a arranhar os pentelhos, aleatoriamente, como se fosse o solista de uma orquestra imaginária. Alarmado, pensei que a presença dele no meio do conjunto ia dar bode. Para meu espanto, ninguém reclamou, nem mesmo o sujeito que parecia ser o chefe dos músicos.

A um sinal que havíamos combinado, coloquei o vidro de compota ao lado de Dos Passos, a fim de que o som dos pentelhos ganhasse os necessários eflúvios.

Que não tardaram. O cara que tocava saxofone parou de tocar e levantou-se.

— Continue tocando, sua besta! — gritou-lhe o chefe da orquestra.

— Não posso. Não consigo ficar sentado.

— Toque em pé mesmo.

— Também não posso. Acho que vou fazer uma besteira.

A discussão entre os dois continuou por mais um pouco, até que o maestro percebeu: não adiantava tocar mais nada. Bastava o som sem pé nem cabeça do violino de Dos Passos e todos dançavam cada vez com mais entusiasmo. Casais se roçavam em pé, furiosamente. Mais um pouco, e um sujeito abriu a braguilha e botou o caralho para fora. Uma mulher deitou-se no chão e o sujeito caiu em cima dela. Era um brutamontes que atendia pelo nome de Pedro. O dono da casa o incentivou, embora o cara não precisasse de incentivo algum:

— Boa, Pedro! Assim é que se faz!

Dos Passos entrou em transe. Do violino saía um som hediondo, a depravação era geral. Agora, todos estavam no chão, pelas cadeiras, em cima da mesa, até mesmo em cima de um armário. Excitado como um demônio diante de um querubim pervertido, Dos Passos passou-me o violino:

— Toque esta joça que eu vou ali.

O "ali" de Dos Passos era justamente em cima da mulata do dono da casa. E eu tomei o seu lugar na orquestra, o que foi a minha danação. Não tinha habilidade para arrancar dos pentelhos aquele som fanhoso, acabei arrebentando-os, um a um. Justo no instante em que meia dúzia de policiais entrou na sala e prendeu todo mundo, principalmente a mim, tomando-me como culpado de tudo.

Na confusão que se seguiu, quase deixei cair o vidro de compota. Mas o violino foi despedaçado pelos pés dos que fugiam e dos que prendiam.

Empurraram-nos para fora, onde alguns camburões estavam à espera. Fomos parar no distrito mais próximo, que era no Méier. Ali ficamos sabendo que o cárcere estava cheio, não só de homens e mulheres que pouco antes dançavam ao som do violino de Dos Passos, mas de outros presos de diferentes origens e modos.

Jogaram-me na cela, onde mal se podia ficar em pé. Senti-me desgraçado e odiei Dos Passos, atribuindo-lhe as minhas desgraças presentes, passadas e futuras — que eu sabia estarem a caminho. A verdade é que quanto mais o odiava, mais sentia falta dele.

Felizmente, lá pelo meio da noite, chegaram outros presos e entre eles vinha Dos Passos. Parecia um inocente, preso por equívoco. Temi que o colocassem em outra cela, mas ali só havia uma e a solução foi empurrar todo mundo para cima de todo mundo.

Dos Passos folgou em me encontrar. Conseguira fugir na hora da confusão. Mas quando soubera que haviam me levado, quis saber do meu paradeiro. Foi razão bastante para o prenderem. Talvez fosse verdade, talvez não.

— E o violino? — perguntou-me.

Informei-lhe que não havia violino nenhum.

— Farei outro. O diabo é que precisamos esperar que os seus pentelhos cresçam. Já arranquei os melhores, agora é aguardar que nasçam outros.

Comunicou-me que mal saíssemos dali, iria procurar uma pomada caseira, fórmula de uma velha que morava em Quintino e que fabricava uma linha de unguentos, emplastos, linimentos e tônicos para diversificados *fins*. Até uma pomada amarela, cheirando a mostarda, a velha fazia: a sua específica finalidade era fazer o pau ficar duro por horas, um crioulo do morro Turano exagerara na pomada, manteve o pau duro durante uma semana.

Dos Passos logo reconheceu que a falta do violino, agora, era providencial:

— Imagina se temos o violino aqui e eu resolvo tocar um pouco! Ia ser uma confusão dos diabos!

A prisão estava cheia. Sempre imaginara que as celas eram desertas, silenciosas, frias. Aquela era uma zorra. Mais experiente do que eu, Dos Passos conhecera situações iguais e piores. Explicou-me a razão de tantos presos:

furiosa dedicação a Dos Passos, em quem pressentiu a possibilidade de um aliado.

E quando um outro preso, que parecia embriagado ou maconhado, pisou na mão de Dos Passos, que no momento tentava ampliar o seu espaço para deitar-se no chão, houve troca de palavrões que o grande personagem superou com portentosa autoridade:

— Calma! Calma! Ninguém deve perder a paciência e a dignidade! Daqui a pouco vamos receber explicações. As autoridades tomarão providências.

Ele parecia entender das coisas. Realmente, logo entraram os guardas na cela, armados de cassetetes. Baixaram o pau em todos. Após 15 minutos em que fomos surrados indistintamente, recebemos ordem de sair:

— Viva! É a liberdade! — disse o Grande Arquimandrita.

Não era a liberdade. Na sala principal do distrito foi feita uma triagem e nós três, por estarmos juntos, fomos metidos num camburão, em companhia de um velho absolutamente velho, que mais precisava de asilo do que de prisão. E de um jovem barbado, fedendo a maconha, vestido com roupas extravagantes, um Jesus Cristo saído de um quadro da via-sacra.

O carro rodou pela cidade, deu voltas, subiu e desceu ladeiras, até que parou numa construção antiga que parecia um quartel desativado. Descemos do carro sob porrada e fomos jogados numa cela sem janelas, onde havia três colchões, uma lata que servia de latrina e, na parede mais larga, um gigantesco caralho pintado a carvão.

Durante o trajeto, principalmente nas curvas, fôramos jogados uns contra os outros. Carnes e ossos que não haviam sido moídos durante a viagem o foram na hora da descida, quando os policiais nos bateram com vontade e prazer.

Tão logo nos vimos numa cela mais ou menos grande, ocupada apenas por nós cinco, parecia que chegáramos a uma espécie de paraíso. Em comparação com o cárcere da delegacia, equivalia a uma suíte de hotel.

Caímos onde havia espaço e dormimos um pouco. E mais não dormimos porque a porta se abriu e um guarda jogou um balde de água em nossa cara. Pensamos que ia haver um interrogatório, mas não houve nada. O guarda fizera aquilo porque, segundo os regulamentos, nós devíamos tomar um banho — e o banho nos fora dado.

De qualquer forma, os poucos minutos de sono e o choque com a água fria serviram para nos despertar. E para cairmos na realidade. E a nossa realidade era o Grande Arquimandrita, que prometeu tomar providências para mandar apagar o caralho que estava desenhado na parede.

— Por mim tanto faz — disse eu, segurando o vidro de compota com cuidado. — Um caralho na parede não me incomoda.

— É uma sacanagem. Uma falta de respeito para com os prisioneiros. Quaisquer que tenham sido as nossas faltas, merecemos um tratamento digno. Vou desenhar, por cima, um peixe. Foi o símbolo sagrado dos primeiros cristãos. Está gravado inclusive nas catacumbas romanas. Peixe, em grego, é *ikthys*, um acróstico de Cristo: *Iesous Khristos Theou Hyos Soter* (Jesus Cristo — Filho de Deus — Salvador).

— Pois eu quero que o Salvador vá à merda — gritou Dos Passos, que acordara de mau humor.

O Grande Arquimandrita não se perturbou. Fez uma arenga reprovando a impiedade de Dos Passos e tomou a iniciativa de se apresentar aos demais e de nos apresentar. Repetiu seus títulos e funções. Declarou Dos Passos amigo, o que em sua opinião valia como credencial. Quanto a mim, disse que eu era amigo do seu amigo. O que, em linhas gerais, era verdade e bastava.

Quanto aos outros dois, o velho muito velho e o jovem maconhado, continuaram mudos, sem se emocionarem pelo fato de terem como companheiro de cela um Grande Arquimandrita, um Procurador-Geral do Patriarca Máximos IV.

Como estávamos cansados das emoções, e por ter o Grande Arquimandrita desconfiado que não causara efeito sobre os circunstantes, ele próprio marcou uma reunião para o dia seguinte, quando, atenuado o cansaço, poderíamos decidir sobre o que fazer, como fazer e, sobretudo, se se devia fazer qualquer coisa.

Posto o quê, o Procurador do Patriarca procurou deitar-se onde podia. Ajeitou-se e logo começou a roncar. Ele ocupava um dos colchões. Dos Passos e eu nos precipitamos em cima dos dois que restavam.

O velho e o jovem não precisavam de colchão. Pelo menos, assim parecia: haviam ficado no chão desde que ali fôramos jogados. Com cara neutra, ouviram os discursos do Grande Arquimandrita. Quando decidimos dormir, eles caíram num sono sereno que revelava intimidade com a vida e com a miséria — que devem ser a mesma coisa.

XIX

Acordei na manhã seguinte e logo tive um aborrecimento: o Grande Arquimandrita estava cagando em cima da lata de margarina. Ele fazia isso com solenidade, tornando aquele ato um fato, um evento. Evento ou fato, já daria para chatear, embora fosse uma ação desculpável. Mais cedo ou mais tarde, todos teríamos de fazer o mesmo.

O que me irritou, porém, foi ter procurado o vidro de compota e não encontrá-lo perto de mim. Antes de dormir, eu o colocara junto da cabeça. Qualquer movimento, na cabeça ou no vidro, teria me acordado. Cansado, ferrara no sono e não percebera que o haviam tirado de mim. O velho acordara — ou nem chegara a dormir —, o apanhara e com as mãos catava o caralho.

— Tira a mão daí, seu filho da puta!

A mão dele era grossa para o bocal do vidro, não conseguira apanhar o pau. O velho parecia — ou era mesmo — mudo. Olhou-me surpreendido e rosnou qualquer coisa. Não deu que entendesse nada, a não ser um som que parecia com *salsicha*.

— Isso aí não é salsicha — gritei.

Naquele justo instante ele conseguira apanhar o pau e o tirara do vidro. Levou-o à boca. Como não tinha nenhum dente, as gengivas não puderam mastigá-lo. Dei-lhe um safanão e readquiri o que era meu. O velho sentiu a porrada, sentiu mais ainda a falta da salsicha. Resmungava, em voz quase inaudível, mais choro do que queixa:

— Sal...si...cha... quero... minha... sal...si...cha...

— Sua uma ova!

O Grande Arquimandrita, sem sair de cima da lata, resolveu se meter onde não fora chamado:

— A salsicha é dele. É do amigo do meu amigo.

Para minha surpresa, o velho pareceu render-se à autoridade do Grande Arquimandrita. Cagando, ele era, realmente, uma figura respeitável, que inspirava autoridade e temor.

Apanhei o pau e coloquei-o no vidro.

— Espera! Espera um pouco! — disse o Grande Arquimandrita.

Eu me surpreendi esperando pela sua ordem, como se lhe reconhecesse o direito de dar ordens a mim.

— A salsicha é sua, disso ninguém pode duvidar. Mas estamos todos no mesmo barco, ou seja, na mesma cela. As possibilidades de comermos uma salsicha nos próximos dias são remotas. Por conseguinte, e para comemorarmos a amizade que fatalmente nascerá entre nós, proponho que todos comamos a sua salsicha. O senhor a dividirá em cinco pedaços iguais e nós nos daremos por satisfeitos. A justiça será feita. Como sou adepto das soluções democráticas — ele fez uma cara horrenda —, vamos proceder a uma votação.

— Votar o quê? — acordou Dos Passos, que parecia ter horror a qualquer manifestação de democracia.

— Votaremos a minha proposta. Sou um democrata.

O Grande Arquimandrita era então um democrata. Um democrata à custa do meu pau.

— Eu voto pela salsicha dividida — ele próprio foi o primeiro a votar.

— Eu... eu... eu... — gemeu o velho, cujo voto era uma redundância.

O rapaz deu de ombros, continuando no chão, abstendo-se de votar. Dos Passos não votou, porque ferrou novamente no sono.

Só faltava o meu voto:

— Vocês vão comer é a merda que este Máximos IV está cagando! Não dou salsicha nenhuma! É minha e não é salsicha! É o meu pau.

Abri a braguilha e mostrei a cicatriz, o tubinho de matéria plástica por onde urinava. A revelação foi tão assombrosa que o Grande Arquimandrita levantou-se e veio ver de perto o objeto da disputa — um deslocamento que empesteou mais ainda o ambiente.

— Sendo assim, dou por anulada a votação. Ninguém seria capaz de fazer isto com o pau de um amigo.

O velho não ficou convencido, continuou resmungando. O rapaz virou para o lado, sem interesse nem pela votação nem pela salsicha.

Dos Passos finalmente acordou e quando soube que ocorrera uma votação sem dela participar, encheu-se de cólera e esculhambou o Grande Arquimandrita:

— Sou contra a democracia, não tolero qualquer espécie de votação! Muito menos sobre se se deve comer ou não comer o pau do meu amigo.

Os dois começaram uma discussão em torno das vantagens e desvantagens das democracias, da consulta ao povo, do sufrágio universal. O Grande Arquimandrita limpava-se com um pedaço de jornal onde se podiam ler, em letras garrafais, os resíduos de uma manchete: *O PREÇO DA PAZ*.

Argumentava com calma:

— Sou insuspeito para defender a democracia. Nasci príncipe, filho de rei, neto de rei. Sou duque, marquês, conde e barão.

Apesar de tantos títulos, nunca aprovei a sociedade feudal, seus conceitos e preconceitos. Já adulto, converti-me às ideias e ideais da Revolução Burguesa. Não aceito a revolução proletária, sinto-me confortável no Estado burguês. Por isso mesmo, como liberal e democrata, sempre estive disposto a verter o meu sangue, meu sangue de nobre... sangue... que diabo... estou sangrando outra vez!

O PREÇO DA PAZ aparecia manchado de sangue.

— Preciso me operar... minhas hemorróidas começam a sangrar... Isso acontece nas melhores famílias, principalmente nas famílias reais. Carlos Magno, Pepino, o Grosso, Luís XVI, todos sofreram de hemorróidas. O trono não faz bem ao rabo.

Dos Passos estava muito sonolento para suportar uma discussão àquela hora da manhã. Mesmo assim, argumentou como pôde:

— Eu não tenho título nenhum mas sou a favor das ditaduras, sejam elas reais ou não. Tenho muitas ideias na cabeça, e o meu amigo aqui presente é testemunha de algumas delas. Um dia desses, quando menos esperarem, tomo o poder e... aliás, eu não precisava tomar o poder. Só queria ser chefe de polícia por duas ou três horas. Bastava. Mandava degolar todos os filhos da puta, os comunistas, os anarquistas, os inimigos da ordem... mas começaria pelos tais patriarcas Macários IV...

— Não é Macários. É Máximos IV. Você confunde o nome do nosso santo patriarca com o do herético arcebispo cipriota...

— É tudo a mesma laia. Degolava todos os bispos, arcebispos e cardeais. Foram eles os traidores da nossa causa. Sempre foram fascistas, todas as religiões são estruturadas totalitariamente, são fascistas na origem e na ação. Quando perceberam que os ventos sopravam em outra direção, mudaram de lado e aderiram aos Estados democráticos.

— Mas o papa João XXIII — ia dizendo o Grande Arquimandrita.

— É tudo a mesma merda!

A frase de Dos Passos, naquela altura da manhã, era sobretudo uma verdade. A merda do Grande Arquimandrita fedia, era difícil respirar ali dentro.

Eu me distraíra com a discussão. De repente, vi o velho agachado num canto. Procurei pelo vidro de compota e dei um pulo. O desgraçado de novo o apanhara. Meti-lhe um safanão, pelas costas, e o velho bateu com a cabeça na parede, dando um grito que eu não saberia dizer se vinha de sua boca desdentada ou de seus olhos, alarmados e sofredores.

— Se botar a mão neste vidro outra vez, eu te mato, desgraçado!

O Grande Arquimandrita não aprovou o abuso do velho nem a minha violência.

— Meus senhores, peço um minuto de atenção. Estamos todos reunidos nesta cela e eu peço a palavra.

Não havia ninguém mais importante do que ele para lhe dar a palavra. Reconhecendo isso, tomou-a por conta própria:

— O acaso, meus amigos, aqui nos reuniu, e é necessário que botemos um pouco de ordem em nós mesmos. Não vem ao caso discutir o acaso. Foi por acaso que eu nasci príncipe e arquimandrita. Foi por acaso que o nosso ilustre companheiro perdeu o seu pênis...

— Pênis é a mãe.

Sempre embirrei com a palavra *pênis* e não era justo que, depois de tantos infortúnios, o meu pau fosse injuriado. Ia reclamar com veemência. Mas reparei que o pau do Grande Arquimandrita era pequeno e murcho. Merecia o nome de pênis.

— Assim sendo — continuou ele, imperturbável —, creio que é hora de chegarmos a um acordo. Precisamos estabelecer um governo que será provisório ou não, pois não sabemos quanto tempo ficaremos aqui. Proponho que eu assuma o poder. Serei o Presidente, o Primeiro-Ministro, o Ministro das Relações Exteriores, da Fazenda, da Educação, da Saúde e Presidente do Banco Central. Isso significa que os senhores deverão me dar o dinheiro que possuírem, para a comum e sábia administração. O nosso companheiro Dos Passos será o Ministro do Planejamento. Ele próprio reconhece que é homem de ideias e é justo que lhe aproveitemos esta qualidade tão rara nos dias de hoje. Sua função será produzir ideias.

Tive vontade de apartear. Gostaria de explicar o tipo de ideias que Dos Passos costumava ter. Raciocinei melhor e vi que talvez Dos Passos fosse mais útil do que o Grande Arquimandrita.

— O nosso companheiro que, pela triste sina do destino, viu-se privado de seu fálus, será Ministro das Obras Públicas. A ele competirá a necessária função de limpar a cela, providenciar a higiene de nosso alojamento, incluindo, naturalmente, a limpeza do *water closet*, esta elementar peça da vida moderna que as circunstâncias em que nos encontramos reduziram a uma simples lata de querosene... ou melhor, vejo agora que não é uma lata de querosene, mas de margarina, aqui está, *Margarina Matarazzo — Sabor, Saúde, Alegria...*

O Grande Arquimandrita curvara-se para ler o rótulo esmaltado na lata. Parou de falar e ficou abaixado, lendo os dizeres impressos pela metalurgia, até que suspirou:

— *Indústrias Reunidas Francisco Matarazzo!* Eu conheci esses plebeus na miséria. Meus avoengos, na Itália, tiveram servos com o nome Matarazzo. Hoje são indústrias reunidas, são margarinas... *O tempora! O mores!*

Aprumou-se e continuou a distribuição de cargos:

— O nosso venerando ancião, cujo nome ainda não sabemos, fica desde já investido nas importantes funções de Reserva

Moral da Nação. Em horas de crise, nós ouviremos os seus sábios conselhos. E, tão logo se dê a oportunidade, ele será o nosso candidato natural ao Prêmio Nobel da Paz. Quanto ao mancebo que ainda dorme, ele será o Povo.

A distribuição de tarefas estava feita e ninguém reclamou. Ou melhor, a única reclamação partiu do próprio Grande Arquimandrita:

— Diabo, ia esquecendo os poderes Legislativo e Judiciário. Evidente que também assumo essas missões de sacrifício. Legislarei e julgarei. Também esqueci outra coisa importante: a Eminência Parda. Serei a eminência parda do meu próprio regime. Gerará tranquilidade social e política, as articulações e conspirações contra o regime serão feitas por mim próprio. Outro detalhe que precisamos resolver é o tratamento que nos dispensaremos aqui dentro. Precisamos saber como chamaremos uns aos outros. Sou Filipe-Georges de Theodorou Fahmé, mas como se trata de nome hierático e comprido, consinto que me chamem de Memé. Era assim que as minhas amantes de Monte Carlo, minhas concubinas do Oriente Médio me chamavam. O nosso Ministro do Planejamento chama-se Dos Passos. Falta agora o nome do nosso heroico inválido de guerra...

— Não sou inválido de porra nenhuma — protestei.

— Toda nação merece ter inválidos de guerra. Daremos à nossa rua principal o nome de Inválidos da Pátria. Em Paris existe o Invalides, e, no Rio, a rua dos Inválidos. O senhor acumulará todas essas funções patrióticas. Falta sabermos o seu nome.

— Álvaro Picadura — rosnei, de má vontade.

O Grande Arquimandrita meditou um pouco e aprovou:

— Um belo, um grande, um santo nome para um inválido da pátria.

E dirigindo-se ao velho, que deitado num canto olhava o teto da cela como se não olhasse para coisa alguma:

— E o velho? Qual é o nome do nosso honrado velho?

O velho simplesmente não tinha nome. Esquecera-se de que um dia tivera nome. Todos fizemos esforço para que ele se lembrasse. Argumentei que até o meu pau tinha um nome — Herodes —, o que me valeu um surpreendente elogio do Grande Arquimandrita:

— Foi sábia precaução a sua. Aliás, acredito que todos nós devíamos dar um nome ao próprio pau. Refletirei a respeito e tão logo encontre um, o batizarei. Desde já apresento os meus cumprimentos pelo nome escolhido. Herodes! Belo nome para um pau!

Nem sabendo que os paus deveriam ter nomes foi bastante para que o velho se lembrasse do seu. A boca desdentada sorria idiotamente, emitindo um grunhido imperceptível. Desconfiei que ele nos mandava à merda. O fato é que não sabia mesmo — e a causa da sua prisão talvez estivesse ali. Um homem sem nome não inspira confiança, nada de mais que o prendessem.

Quanto ao jovem, Dos Passos sacudiu-o bastante, até que ele acordou. Tinha os olhos vermelhos e não deu importância ao fato de ter sido acordado. Quando Dos Passos exigiu-lhe o nome, respondeu:

— Otávio.

— Muito bem.

O Grande Arquimandrita resumiu a situação:

— Não é por falta de nomes, e belos nomes, que devemos ficar tristes. O meu é histórico. O do jovem também. Otávio foi tão ilustre que se tornou Augusto. Temos um Herodes, ainda por cima. Assim mesmo estou triste. Há um, entre nós, que não possui nome. Pensarei no assunto. Aliás, investido de minha autoridade, terei como primeira tarefa a de arranjar um nome apropriado para o velho. E, depois, um nome igualmente apropriado para o meu pau.

O velho, de repente, avançou contra mim. Queria me arrebatar o vidro e tive de lhe dar outro safanão. Tombou e bateu com a cabeça na parede. Ele agora chorava abertamente, pois se ferira na testa. A boca aberta e sem dentes era medonha, parecia que o cheiro de merda do Grande Arquimandrita não vinha da lata de margarina, mas daquela caverna escura e obscura.

O Grande Arquimandrita reprovou a minha violência. Fez um complicadíssimo discurso sobre o desarmamento dos espíritos, o respeito que devíamos às velhas gerações, depositárias de tanta tradição, ciência e sabedoria. Terminou a sua arenga de forma comovente:

— Não podemos esquecer que os acasos da vida talvez nos transformem num ancião igual. Todos marchamos inexoravelmente para o fim. Hoje, eu resplendo no uso de meus títulos, gozo de lucidez, sou senhor do meu corpo e do meu espírito. Amanhã posso estar na mesma situação deste nobre ancião. *Sic transit gloria mundi!* Assim passa a glória do mundo!

Deu uma palmada na cabeça:

— Pronto! Achei!

— Achou o quê? — perguntou Dos Passos.

— Achei o nome. *Sic transit gloria mundi*. Será este o nome do nosso amigo que perdeu a memória. Reconheço que é comprido, por isso ficará reduzido a *Sic transit*. Os senhores aprovam?

Todos aprovamos e o velhinho ficou sendo Sic Transit.

O Grande Arquimandrita não estava satisfeito ainda:

— Preciso de outro nome, agora para o meu pau. Declaro que o nome Sic Transit também seria apropriado para ele. Meu pau já teve glórias, senhores. Comi princesas, baronesas, duquesas, camareiras papais, enrabei um núncio apostólico, em Alexandria...

Olhamos para o pau do Grande Arquimandrita — e não precisei falar nada. Dos Passos falou por mim:

— Com este pau de merda você jamais comeria um núncio!

O Grande Arquimandrita prometeu contar mais tarde a história da enrabação do núncio e tomou a sua primeira providência governamental. Deu um murro na porta da cela e berrou pelo guarda:

— Exijo que nos sirvam um *breakfast*!

A cara do guarda foi de espanto, assim mesmo saiu para tomar as providências. Que logo chegaram. A cela foi aberta, entraram cinco guardas que nos surraram mais uma vez.

XX

Logo entramos na rotina da prisão. As autoridades não se incomodaram em investigar mais nada — e nada havia realmente para investigar. Limitavam-se a nos alimentar com uma comida intragável e a nos surrar sem pretexto, tirante aqueles fornecidos pelo Grande Arquimandrita. Investido de sua autoridade executiva, legislativa e judiciária, volta e meia ele ameaçava tomar providências. Como acontecia com o *breakfast*, todas as vezes em que ele tomava providências, vinham porradas em cima da gente.

Não sabemos como, entrou um embrulho na cela, destinado ao grande personagem. Pensamos que fosse alguma coisa de comer. Era um *robe de chambre*, refulgente, cor de vinho, adamascado, com borlas douradas. O Grande Arquimandrita, que até ali vivia de cueca, botou o feérico envoltório e não mais o tirou do corpo, nem mesmo quando ficava, horas e horas, sentado em cima da lata de margarina, que, à falta de um trono, era o seu lugar preferido.

Minha batalha pessoal para preservar Herodes da gula de Sic Transit foi resolvida com a sugestão e a ajuda de Dos Passos. Ele me emprestou o seu cinto e eu dormia com o vidro de compota entre as minhas pernas. Dos Passos colocava-me em posição e depois passava o cinto pelos meus joelhos de tal forma que o roubo tornava-se impossível.

A verdade é que o velho não desanimava. Queria porque queria comer aquilo que para ele era uma salsicha. Qualquer descuido seria fatal. Por mais que lhe explicasse, ele continuava insistindo. Não acreditava no que eu dizia. Além de ter renunciado a falar, talvez tivesse renunciado a ouvir.

Seus olhos estavam sempre brilhando, de fome. E ele comia tudo o que aparecia e até mesmo aquilo que não chegava a aparecer. Muitas vezes surpreendíamos o velho mastigando e corríamos para ver se o vidro estava intacto. Uma tarde, Dos Passos não suportou o barulho das gengivas sem dentes, pegou o velho pelos queixos, abriu-lhe a boca. O velho estava mastigando o vento.

Aquela fome insaciável, ali tão próxima, era perigosa. Considerei que as minhas desventuras tinham chegado ao máximo, pois, além de estar castrado e preso, tinha agora a obrigação de tomar conta do pau dia e noite, uma tarefa que antes, quando dispunha dele em seu devido lugar, nunca me passara pela cabeça.

Expliquei aos companheiros as necessidades de Dos Passos. Na primeira noite, ele conseguiu bater apenas duas punhetas. Logo se habituou ao desconforto e às contingências do local, voltando a bater três ou quatro punhetas por noite. No início, todos se preocupavam com o caso, até mesmo o jovem que não ligava para nada e dormia o tempo todo. Depois de algum tempo, o espetáculo cansou, virou rotina também, e Dos Passos cumpria as suas necessidades sem causar preocupação ou curiosidade. Nem mesmo na noite em que, num furor extraordinário, ele se masturbou invocando em altos brados a veneranda figura de Madre Teresa de Calcutá.

Surgiram problemas. Uma noite, não sei o que deu em Dos Passos, ele cismou de enrabar Sic Transit. Conseguiu dominá-lo, encurralando o velho no canto da cela. O Grande Arquimandrita fez valer a sua autoridade e exigiu que Dos Passos deixasse o velho em paz. Fez-lhe severa, quase colérica reprimenda, citou textos em latim e terminou com uma frase comovente:

— Refreie a sua concupiscência, amigo, que o fogo dos sentidos poupe os seus bestiais instintos! Respeite os nossos velhos, a Reserva Moral da Nação!

— Cu de velho não tem dono — resmungou Dos Passos.

— Cu de velho é de Deus! — exclamou o Grande Arquimandrita, erguendo o braço direito ao céu. O *robe de chambre* dava-lhe uma silhueta medieval que impunha um baita respeito em todos nós. Foi uma cena de grande efeito dramático.

Tivemos outro incidente mais sério — e que não teve o mesmo feliz desenlace. Eu já havia dormido com o vidro de compota diversas noites. E como Dos Passos apertava demais o cinto em volta das pernas, nasceu-me uma ferida entre as coxas. Não suportei a dor e pedi que o Grande Arquimandrita dormisse com o vidro, ao menos por algumas noites.

O procurador do Patriarca Máximos IV, com exemplar espírito de solidariedade, aceitou a incumbência e o próprio Dos Passos colocou o vidro entre as pernas arquimandriciais. Enrolou-as com o cinto. Fomos dormir após nosso companheiro ter batido suas punhetas habituais. Acordamos, porém, logo depois, com um barulho desgraçado.

Naquela noite, Dos Passos resolvera bater uma punheta suplementar. Estava começando a se masturbar quando se lembrou de que o Grande Arquimandrita ficara amarrado, indefeso. Foi para cima dele e conseguiu enrabá-lo. O procurador do Patriarca Máximos IV fez um barulho dos diabos, nós fizemos o possível para tirar Dos Passos de cima. Foi em vão. Dos Passos enrabou mesmo, e só depois que conseguiu gozar deixou o Grande Arquimandrita em paz. Na confusão, o cinto afrouxou e o vidro de compota rolou pelo chão, sendo imediatamente apanhado por Sic

Transit. Apesar da agitação do momento, Dos Passos percebeu que o velho escondera o vidro sob o colchão e o denunciou.

O Grande Arquimandrita começou um longo discurso reprovando o procedimento de Dos Passos, acusando-o de torpeza e cupidez. Chamou-o de *escroque lúbrico*.

— Além do mais, os senhores já foram comunicados de que sofro de hemorroidas. Além do insulto moral de ter sido enrabado diante desta assembleia e diante do povo — o jovem, por acaso, acordara no meio da bagunça e presenciara a enrabação do Grande Arquimandrita com algum interesse —, fui agredido fisicamente. Amanhã sofrerei horrores, pois sinto que estou arrebentado. Mais tarde, reunirei o ministério para estabelecermos a sanção que deve ser aplicada a tamanha deslealdade.

Dos Passos pediu desculpas e prometeu não fazer mais. Mesmo assim, a partir daquela noite, todos tomamos as nossas providências, pois sabíamos que a palavra dele era débil em se tratando dessas coisas.

Sic Transit passou a dormir de dia. À noite, ficava acordado, espremido num dos cantos da cela. Isso aumentava os problemas. Com o velho acordado, duas coisas corriam perigo: o meu pau, que podia ser devorado pelo velho, e o cu do Arquimandrita.

Nos dias seguintes, não seria possível enrabá-lo. O próprio Dos Passos reconhecia isto: as hemorroidas tinham vindo para fora, o que lhe impedia qualquer tentativa de quebrar a palavra e violar os bons propósitos. Até mesmo o jovem, sabendo que na sua qualidade de povo era o mais indicado para ser enrabado, deu um jeito de se espremer num canto, a fim de não passar pelo vexame.

Eu cooperei para a *pax* geral, obrigando o meu amigo a bater seis punhetas de qualquer maneira, tivesse ele vontade ou não para tanto. Dos Passos chorava, pedindo-me compaixão, mas eu só o deixava dormir depois da sexta. Além disso, amarramos um barbante em suas pernas, de maneira que qualquer movimento que ele fizesse durante a noite acordaria o Grande Arquimandrita.

Apesar de tantas e tão bem-intencionadas precauções, uma noite Dos Passos acordou com vontade e, cuidadosamente, sem dar solavancos, arrebentou o barbante. As hemorroidas do Grande Arquimandrita tinham entrado em recesso e Dos Passos enrabou-o mais uma vez.

Para surpresa geral, desta vez o Grande Arquimandrita não foi tão veemente ao verberar o procedimento de Dos Passos. Preferiu cair com justificada ira em cima de Sic Transit. Passando as noites acordado, ele deveria ter dado o alarme. O velho pouco se importava com o que se passava ao seu redor. Pouco ligou, também, para a espinafração do nosso chefe.

Foi então que, certa noite, quando fazia muito calor e todos dormiam, eu acordei. E sem ter nada o que fazer, comecei a chorar.

XXI

Dos Passos conseguiu subornar um dos guardas e arranjou papel e caneta. O Grande Arquimandrita tentou confiscar aqueles bens, apelando para a instalação de um regime cooperativista. Dos Passos não cedeu nem o papel nem a caneta. Ninguém conseguiu entender como Dos Passos embeiçara o guarda. Certa noite, eu percebera um barulho na porta da cela e vira Dos Passos metendo o pau na janelinha por onde entrava a comida. Do lado de fora, o guarda o chupava. Só assim aquela camaradagem fazia sentido.

O que não fez sentido foi o fato de, nos dias seguintes, Dos Passos ficar atracado ao papel e à caneta, escrevendo um romance. O Grande Arquimandrita, quando soube dos intentos de Dos Passos, cometeu vasta digressão sobre a arte e a literatura, declarando o romance um gênero morto. Dos Passos não se convenceu dos argumentos dele e continuou o trabalho, só parando quando a caneta deu o prego.

O guarda tinha sido apanhado em grossa sacanagem em outra cela e fora substituído. Dos Passos ficou irritado, não só porque perdia a possibilidade de arranjar mais canetas e outros pequenos privilégios (um dia, ganhou um pedaço de queijo do Reno), como também não tinha mais quem lhe chupasse o pau através da portinhola gradeada.

Quando soube que Dos Passos terminara um capítulo do romance, o Grande Arquimandrita achou de sua obrigação promover uma sessão extraordinária que servisse de incentivo ao autor e de deleite para nós outros. Pessoalmente, ele continuava achando a literatura uma droga em geral e a literatura de Dos Passos uma boa merda em particular. Mas, como nosso líder, cumpria o dever de apoiá-lo.

Na hora marcada, tomou a palavra e apresentou Dos Passos como um talento de escol, lídimo representante das letras pátrias e fino sucessor dos maiores mestres. Terminou a arenga pedindo silêncio e respeito de todos nós, a fim de que não perturbássemos a obra-prima cuja primeira leitura seria uma honra que jamais esqueceríamos.

O pedido foi inútil, ninguém faria barulho ali: Sic Transit dormia o dia inteiro e Otávio dormia sempre, de dia ou de noite. De minha parte, tanto me fazia, sempre fui caladão. O único que representava perigo ao necessário silêncio era o próprio Grande Arquimandrita, que falava muito e na certa gostaria de dar apartes.

Dos Passos gostou da apresentação. Vivia um momento de glória. Seus textos anteriores haviam tido um único e desinteressado ouvinte, que fora eu. Ganhava agora um auditório maior e possivelmente mais interessado.

Pigarreou para limpar a garganta, um cacoete que ele sempre cumpria inutilmente, pois sua garganta estava limpa, sua voz era a mesma antes e depois do pigarro. Explicou que havia escrito apenas a sinopse de um romance à antiga. Um folhetim. Mais tarde, e em melhores condições, faria o texto definitivo. O título já estava definido: *Mafalda, a Malfadada, ou Amor de perdição.*

— Já existe um romance com este título — protestou o Grande Arquimandrita.

— Não é a mesma coisa. O romance de Camilo é apenas *Amor de perdição*. O meu é mais e melhor.

O Grande Arquimandrita admitiu:

— Tem razão.

— Por favor, não me interrompa.

Limpou a garganta mais uma vez e anunciou com solenidade:

MAFALDA, A MALFADADA

ou

AMOR DE PERDIÇÃO

Um folhetim contendo as aventuras de Mafalda, a Malfadada, além de conter, também, dois naufrágios, um frade embusteiro, uma carta anônima, diversas cenas de alcova, o autor, um capitão, um brigue, variegados corsários, refregas, borrascas, vociferações, blasfêmias, oitocentos milhões de demônios, outros tantos milhões de moral, uma ilha deserta, um diálogo em latim, mais um naufrágio e mais um frade espanhol do qual se deve esperar as piores coisas.

Tomou um tom de voz mais ameno. E para encompridar o que já era comprido, leu pausadamente, sem pressa de chegar ao fim:

Não vem ao caso contar como e por que me apaixonei por Mafalda. Uma mulher com este nome não merecia o amor de ninguém, muito menos de um sujeito como eu, que não sou dado a paixões. A verdade é que um dia constatei que estava apaixonado por ela e, em decorrência, competia-me conquistá-la.

Não chegou a ser uma resolução heroica de minha parte: eu não tinha nada a fazer naquela ocasião e dedicar-me à conquista de uma mulher cujo nome era Mafalda, se não resolvia nenhum dos meus problemas, pelo menos deveria me distrair.

Acontece que Mafalda era mulher de um corsário. Um senhor capitão-corsário, desses que têm navios com bucaneiros e tudo. Inclusive, aquela bandeira com a caveirinha instalada em duas e cruzadas tíbias. Ao contrário da tradição, era um pirata íntegro, ou seja, tinha as duas pernas íntegras e íntegras as duas mãos ambas. E, sendo pirata, era homem que muito viajava — o que, em princípio, me pareceu salutar premonição: com o marido passando longas temporadas em alto-mar, Mafalda teria horas vagas para ser por mim conquistada.

Foi justamente este detalhe que muito me prejudicou: passando meses e às vezes anos longe do marido, Mafalda possuía uma legião de amantes e achava, com justificada razão, que as suas necessidades estavam supridas. Não havia espaço para mais um amante, e mesmo que houvesse espaço, não haveria tempo. Os amantes de Mafalda — Mafalda's lovers — desfilavam pela sua casa e o desfile só se interrompia quando o capitão, cansado dos mares e das intempéries do mundo, resolvia voltar e ficava com a mulher por uns tempos.

A primeira coisa que percebi foi isso: em terra, as minhas possibilidades eram mínimas. Para atingir o meu objetivo, era necessário obrigar Mafalda a ir para as águas. Uma tarefa difícil, por sinal. Não fácil convencer uma mulher com a qual nunca se falou, a partir em busca dos mares do mundo, enfrentar as borrascas e as ciladas do abismo das águas, à custa de um hipotético prazer de que ela não precisava, pois o tinha de sobra, em terra firme. Além do mais, tratava-se da mulher de um lobo do mar, o qual deveria ter razões para não querer a sua mulher metida nas mesmas e tormentosas águas.

Passei algum tempo meditando sobre como proceder para convencer Mafalda a embarcar. Quando constatei que jamais o conseguiria com meus próprios recursos, tive um estalo: o capitão! Não *convenceria a mulher, convenceria o marido, que sempre é mais fácil de ser convencido.*

Aprendi em livros de boa sapiência que o melhor meio de se convencer alguém de alguma coisa é por meio de uma carta anônima. E nada mais fácil para mim do que escrever cartas, principalmente as anônimas. Tinha algum treino neste oficio, pois consegui livrar-me de muitos desafetos, ao longo de minha vida, usando e abusando deste recurso.

Certo marinheiro que, uma noite, me esbofeteou na taberna onde eu fazia ponto, foi acusado perante as autoridades de blasfêmia contra santo Anselmo — o padroeiro do nosso porto. Até hoje o marinheiro curte a sua pena na úmida enxovia do Forte dos Mortos, sem desconfiar de quem o denunciou.

De mão destra — apesar de ser canhoto — escrevi uma capciosa missiva ao capitão, denunciando o comportamento de sua mulher. Narrei com detalhes (alguns verdadeiros, que eram sabidos por todos, outros inventados por mim) as fornicações daquela que deveria ser a guarda de sua honra.

Carreguei nas tintas, descrevendo os perigos que o capitão enfrentava em alto-mar, as emboscadas dos inimigos, os abrolhos da marinheira vida, enquanto em terra a sua mulher gozava de variegados homens, passando entre as suculentas pernas metade do porto e metade das vizinhanças — o que constituía um todo desabonador para a honra do capitão.

Na afobação de acrescentar pormenores, incluí um amante imaginário: eu próprio. Descrevi o meu tipo com riqueza de detalhes. Sendo muito branco e tendo uma cicatriz no queixo, revelei esses detalhes para melhor caracterizar o amante que mais assiduamente corneava o capitão.

O resultado é que o próprio, recebendo a carta, só conseguiu identificar um dos amantes de sua mulher. Foi assim que, na calada da noite, enquanto soprava o terrível boreste — o vento gelado que varre o nosso porto — fui cercado por mal-encarados indivíduos que me esperavam à saída da taberna onde eu costumava beber rum e comer toucinho com feijões-brancos.

Recebi uma tunda respeitável. Passei duas semanas em recesso, curando minhas feridas com sal grosso e ódio, enquanto jurava vingar-me do capitão. À tunda, responderia com tunda. E, além da tunda, a bunda de Mafalda, que mais cedo ou mais tarde eu comeria, custasse o que custasse.

Tão logo me encontrei em situação decente para caminhar pelas ruas, voltei ao porto e soube das novidades: o capitão partiria brevemente para um longo cruzeiro ao longo do estreito de fava, ao redor dos perigosos escolhos malaios que levaram tantos e tantos navios e valentes guarnições para o fundo do oceano.

Um cruzeiro que demoraria três anos, talvez mais, pois o capitão só voltaria depois de ter certeza de que Mafalda não mais o trairia. Pensei comigo: assim sendo, ele vai ficar no mar o resto da vida. Mas outra notícia pareceu-me importante: o capitão desta vez levaria a mulher, o que seria uma garantia de fidelidade por três anos. Confesso, de minha parte, que achei aqueles planos nebulosos, mas tanto os planos como a mulher eram dele. O que me competia era embarcar também.

Nunca fui de fazer força na vida. Vivi e sobrevivi, até agora, por arte e engenhos que não me solicitavam os músculos e demais atributos materiais. Em outras eras, talvez eu desse um belo poeta de corte, tais tempos porém já passaram e não mais existem cortes e os poetas, se existem, estão desvalorizados. Daí a dificuldade que sempre me visitou ao longo desses anos, quando tive de viver em portos escuros e nauseabundos, ao lado de marinheiros ásperos e brutalizados pelo mar e pelo perigo.

Embarcar como simples grumete seria fácil para qualquer pessoa, menos para mim. Não sei o nome de nada que se refira à navegação ou aos navios. Sempre considerei ridículo chamar uma vela de bujarrona e outra de traquete.

Pensei em apresentar-me como cozinheiro de bordo, mas seria um sacrifício besta passar três anos nos porões de um encarquilhado veleiro, fritando banhas nauseabundas, preparando filés de baleia.

Como não sabia fazer nada de prático — era pouco provável que o capitão me recebesse a bordo como fazedor de cartas anônimas —, a única função que poderia me valer era a de frade. Havia poucos frades disponíveis ou dispostos a partir em viagens tão longas. E eu poderia esconder a cicatriz do queixo — que tanto me denunciava — com uma verdadeira e ascética barba.

Curado de minhas feridas, arranjei um hábito surrado e um par de sandálias já cobertas pelo pó de muitas estradas. A barba cresceu farta e rapidamente. E assim, munido de bordão, hábito, sandálias e barbas, bati à porta do capitão, que pronto quis me expulsar dali, tomando-me como mais um amante de sua mulher.

Custei a contê-lo, tive de fazer uso de terríveis imprecações num dialeto que eu mesmo improvisei na hora e que o capitão aceitou como se fosse latim.

Mesmo assim, foi um custo convencê-lo a embarcar um frade em seu navio. Segundo antiga tradição dos portos, frade dá azar durante as tempestades. Em compensação, segundo outra lenda, nada como um bom frade para fazer um cruzeiro render dinheiro. Era, como se vê, um lucro que continha algum risco. Entre o medo e a cobiça, o capitão optou pela cobiça.

Além do mais, levando a mulher, um frade lhe seria útil — este argumento saiu-me na hora —, pois haveria assistência espiritual condizente com suas necessidades. O capitão, sem ser muito explícito, admitiu que um frade talvez fosse de valia para a sua esposa, que passara por tumultuada crise espiritual. Como um médico que deseja tomar informações sobre o doente, eu quis saber que crise espiritual teria sido. O capitão desconversou, disse apenas que já "tinha passado". Aceitou-me e mandou que eu me apresentasse no escritório de sua companhia.

Conhecia esses escritórios: era uma pequena tenda armada no convés do próprio navio, e ali, durante a estadia, os gerentes da viagem faziam encomendas, compravam provisões, peças, e, sobretudo, cuidavam da quantidade e da qualidade da tripulação.

Quando lá cheguei, havia fila. Mas eu era candidato único ao cargo de frade e fui imediatamente aceito, mesmo porque o capitão deixara instruções a meu respeito.

Aguardamos três ou quatro dias, na esperança de que o tempo melhorasse, pois o boreste que nos açoita a esta época do ano estava terrível. Ao cair da noite do quarto dia, houve um rebuliço no cais onde estava ancorado o Halicarnaso. O navio tinha este estranho nome, que em sânscrito significa: "Aquele Que Não Teme".

A razão do rebuliço era a mulher do capitão, que finalmente embarcava. Caixotes e arcas tremiam nas cabeças dos marinheiros que subiam a escada de acesso ao convés. À luz dos archotes, pude ver Mafalda passar pelo cais, subir os degraus, pisar no convés e quase roçar as minhas barbas. Ela cruzou comigo sem fazer a reverência a que, como frade, eu me julgava com direito.

Logo após a mulher, chegou o capitão e marido. E ao alvorecer do dia seguinte, aproveitando um vento favorável, o Halicarnaso se fez ao mar, abrindo o seu velame ao sabor do destino.

A primeira coisa que aprendi no navio foi justamente que aquilo não era um navio, mas um brigue. Ignoro e continuo ignorando a diferença entre um brigue e um navio. Deve haver alguma importante, pois o capitão chamou-me pela manhã e ordenou que eu benzesse o brigue. Pensei que ele se referia a bugre, e imaginei que devia haver algum selvagem a bordo, necessitado de uma bênção especial. Mas o capitão indicou-me o convés como o próprio brigue. Para não revelar a minha ignorância, aceitei os fatos, disse palavras *incompreensíveis, fiz gestos mais incompreensíveis em cima das velas, da ponte, do convés e do próprio capitão.*

Abençoado por mim, o Halicarnaso *enfunou as suas velas e atingiu o mar grosso. A aventura começava. E começou com uma tempestade que ao cair da tarde do primeiro dia nos pegou de bombordo (ou de estibordo), quase nos levando para os abismos do oceano.*

O capitão praguejou mais forte do que os raios, os trovões e os coriscos, o que de nada adiantou, pois não conseguiu aplacar a borrasca. A tempestade acabou por conta própria, sem qualquer interferência das pragas do capitão ou das minhas preces, pois tão logo o mar começara a engrossar, o velho lobo do mar ordenou-me que solicitasse a Divina Intercessão.

O que foi a minha desgraça, A Divina Intercessão não se fez sentir. E quando a bonança voltou, o capitão verificou os estragos do navio: um dos mastros quebrado, o tirante da gávea despedaçado, a vela latina em frangalhos, além de outras avarias menores. Não podendo culpar ninguém, o capitão caiu em cima de mim, chamando-me de cão e de incompetente.

Fiz sentir que a desgraça poderia ter sido maior, bastava que um raio nos partisse ao meio, ou que o próprio mar subisse mais um pouco e nos tragasse. A hipótese que desastradamente levantara duplicou a fúria do capitão.

— Nunca! Nunca um navio meu irá para o fundo das águas!

Voltou a praguejar contra Deus, contra os demônios e sobretudo contra mim. Não podendo castigar Deus e os demônios, mandou me prender. Fui levado para uma espécie de gaiola, feita de varas de junco, armada na proa do barco. Lá permaneci vários dias, ao sol, ao vento e à chuva.

Certa noite, ouvi alguém roçar a grade da minha gaiola, querendo falar comigo. Eu estava tentando dormir, pois o céu estrelado e um vento ameno, quase cálido, embalava-me docemente. Na verdade, já muito tínhamos navegado e nos aproximávamos dos mares tropicais.

Abri os olhos e me deparei com um rapaz, muito forte e bonito, que eu já tinha notado na tripulação.

— O que deseja de mim? — perguntei.

— Cometi um grave pecado, padre, e quero o perdão de Deus.

Numa palavra: o pecado que o mancebo cometera tinha ido justo em cima da mulher do capitão.

— Foi ela que me seduziu. Desde que embarcamos, tentou me arrastar para o seu leito de ignomínia. Fiz tudo para evitar, aleguei o perigo que corria, um descuido seria fatal para ambos. Tanto insistiu que afinal aquiesci em satisfazê-la. Agora, Mafalda me trocou por outro, um índio proveniente das Canárias, que tem um membro descomunal e, segundo dizem, é capaz de fazer uma mulher gozar várias vezes. Nas Canárias, contam que fez a esposa de um missionário protestante ter 22 orgasmos seguidos.

Eu ouvia aquilo com grande dor na alma e grandíssima dor na carne. Pedi mais detalhes, mas o rapaz estava embasbacado, não ia além do índio das Canárias, do enorme membro que o selvagem possuía. Resumindo: vivia sua dor de corno e desejava que eu tomasse providências.

Pediu-me a bênção e o perdão. Prontamente o abençoei e perdoei. No dia seguinte, quando o grumete que me servia veio trazer a tigela com o meu ralo café, mandei um recado para o capitão. Precisava falar com ele urgentemente, assunto de sua honra pessoal.

Não sei por que o capitão logo veio me ouvir. Já de outras vezes havia mandado recados até mais dramáticos. E ele não se incomodava em me deixar na pior. O fato é que dessa vez o capitão apareceu e quis saber, aos berros, do que se tratava. Ameaçou me jogar ao mar, caso não justificasse o incômodo que lhe dava.

Tentei explicar que não podia falar alto como ele falava, aos berros, pois o assunto era confidencial, dizia respeito à honra dele, capitão.

Ficou mais fácil. O capitão tinha motivos para andar preocupado, suspeitava que a sua honra não andava em bom estado. Aproximou o ouvido da grade de minha gaiola para ouvir a minha confidência.

— Sei de coisas terríveis — comecei — que estão acontecendo neste navio. Os grumetes, marinheiros e oficiais vêm aqui, para a confissão. Conheço os podres de todos. Mas só darei o serviço se o senhor me libertar imediatamente.

O capitão olhou em redor, para ver se alguém poderia ouvir a conversa. Tinha dois olhos tristes e sofredores:

— Coisas graves?

— Gravíssimas — repeti.

Ele pensou um pouco e prometeu:

— Está bem. Solto.

Então, com abundância de detalhes, contei-lhe que certo membro da tripulação fornicava com a sua mulher. Eu o ouvira em confissão na véspera. Dei o serviço completo. O capitão rosnava e imprecava, dando uivos que pareciam arrebentar a bujarrona, o traquete, a latina, todo o velame e a cordoalha de seu brigue.

— E tem mais — acrescentei. — O rapaz veio confessar-se por ímpios motivos. Ele não está arrependido, apenas corneado.

— Corneado? Mas como? O corneado sou eu!

— É que um outro membro da tripulação está agora fornicando com a sua mulher.

— Quem? Quem é? Eu mato! Eu mato!

— É um membro que tem um membro muito grande.

O capitão não entendeu e tive de explicar-lhe a história do índio das Canárias.

— Já sei quem é! Os sacanas! Eles me pagarão! Eu me vingarei!

Saiu de perto da gaiola imprecando como um demônio sobre o qual se jogasse um açude de água benta. Exigi o cumprimento de sua palavra. O homem estava tão possesso que não me ouviu.

A tripulação foi reunida no convés, junto à escada que sobe à ponte de comando. Não pude ouvir o que se passou, pois o vento soprava forte e em sentido contrário. Mas pude ver que dois membros da tripulação estavam amarrados por cordas. Era o rapaz bonito e o enorme índio das Canárias, que mantinha uma cara apatetada, sem saber o que estava se passando. Vi quando os dois foram jogados ao mar.

Apesar de ter prestado tão relevante serviço ao capitão, permaneci ainda dois dias na gaiola, até que, após novo e dramático recado, ele se lembrou da promessa e mandou libertar-me.

Fiz então um levantamento da situação. Achei até um paradoxo: embora estivesse em pleno mar, em cima de águas, conseguia perder terreno.

Navegávamos há quatro meses e nem vira ainda a minha Mafalda: ela não saía do camarote que ocupava na popa que, segundo constava, tinha coxins adamascados e decorações lascivas, capazes de incitar um eunuco. Tirante aquela noite em que embarcara, nunca mais voltara ao convés. E eu sofrera dois meses de humilhante cativeiro. Precisava agir depressa, antes que outra borrasca nos apanhasse e o capitão me responsabilizasse por ela e de novo me trancafiasse na gaiola.

Na noite do mesmo dia — o da minha libertação — procurei pelo capitão e expliquei-lhe que seria conveniente uma conversa minha com a mulher. Afinal, os dois nefandos pecadores já tinham expiado o pecado. Contudo, Mafalda também pecara e era necessário que ela também expiasse a sua culpa.

— Jogar a minha mulher ao mar? O senhor está louco!

Expliquei-lhe que não se tratava disso. Como ministro de Deus, eu deveria ouvi-la em confissão e perdoá-la, em nome do mesmo Deus.

— Sim... está bem... eu compreendo — falou o capitão, coçando o queixo. — Esta noite o senhor desce e vai ouvi-la em confissão... ela talvez se regenere...

Esperei pela noite e quando vi o capitão assumir o seu lugar junto à ponte de comando, desci correndo as escadas que levavam ao camarote de Mafalda. Quase não pude entrar; havia três marinheiros no quarto, esperando em fila a vez de fornicar com ela. Pois naquele justo instante Mafalda estava sendo trepada por um quarto marinheiro que a fazia gemer.

A minha estupefação foi enorme — e dolorosa. O primeiro ímpeto foi denunciar ao capitão a bandalheira que ocorria sob as suas barbas, em seu próprio navio — quer dizer, brigue.

O bom senso calou-me a boca e travou-me os pés. Afinal, eu era o quinto da fila. Na média de cinco minutos para cada fornicação, em meia hora chegaria a minha vez. Ficaria livre da malfadada sina de tanto cobiçar Mafalda.

Os grumetes muito se admiraram ao ver o frade de bordo na mesma fila e com os mesmos propósitos, mas me aceitaram em paz, embora sem simpatia. Tudo se processava em silêncio, que só não era completo porque Mafalda gemia alto, principalmente quando saía um e entrava outro.

Passaram-se alguns minutos e eu já estava com o pau inchado, de tanto esperar pela minha vez. Quando ia chegando a minha hora, fui surpreendido por terríveis palavrões: era o capitão que descia as escadas blasfemando como um bode possuído pelo demônio:

— Canalha! Canalha!

Eu era o único da fila agora. Como por encanto, o marinheiro que estava em cima de Mafalda desapareceu. Quando o capitão entrou no camarote, só encontrou a mim. Meu membro de tal forma se intumescera que era impossível esconder a protuberância em meu hábito de frade.

— Cão! Por dois milhões de demônios, corto-lhe o pau agora mesmo e o jogo aos tubarões!

Tentei argumentar, pedi que o capitão ouvisse, antes, o testemunho de Mafalda. De rastros, ela proclamava inocência, tudo não passava de um equívoco. A confusão já era grande, o capitão tanto imprecava e tanto gesticulava que os dois milhões de demônios por ele invocados, acrescidos de outros tantos que eu também invocava, não fariam maior barulho.

Mafalda fez cara tão inocente que me vi perdido. O capitão desembainhou o seu sabre e ia vibrá-lo contra o meu membro, que continuava inchado e inchando a minha sotaina. Nesse justo instante, o navio foi abalado por um tremor, como se uma pedra monstruosa tivesse caído dos céus em cima dele.

— Diabos! E isso agora?! Batemos num escolho!

O capitão ficou com o sabre suspenso no ar, sem saber se o descia em cima do meu pau ou se tomava providências de ordem geral. O vozerio vindo do convés salvou-me o membro e a vida. O navio havia sido atacado por um corsário. Lá em cima, os homens lutavam.

Praguejando desaforos e horríveis blasfêmias, o capitão subiu para comandar a defesa de sua cidadela, tendo o cuidado de me empurrar à sua frente.

— Vai, desgraçado! Quero que o primeiro aço da primeira espada do inimigo te arrebente os bofes! Vai me servir de escudo e vingança!

Fui empurrado pela escada, até que cheguei ao convés e vi a confusão. Os homens lutavam em todos os lugares e de todos os modos. De cima das cordoalhas e dos velames ouviam-se pragas e vociferações. Corpos caíam dentro d'água. Quando eu assomava no último degrau da escada que conduzia aos camarotes, tive a sorte de ver um corsário inimigo cair ensanguentado entre o capitão e as minhas costas. Foi a minha salvação. Corri e me embarafustei entre os homens em combate. Consegui me abrigar num sítio bem escondido, e dentro de um tonel vazio.

A luta prosseguiu durante alguns minutos, até que os ruídos foram se atenuando e, de repente, ouvi um estalar de madeiras e cordas: o corsário inimigo retirava-se dos costados do Halicarnaso, deixando mortos, feridos e prisioneiros em nosso convés. O capitão vencera.

A prudência aconselhou-me a passar o resto da noite dentro do tonel, mesmo porque a tripulação entregou-se a uma desenfreada orgia, uma vez que o capitão mandou distribuir entre os seus homens uma farta medida de rum. No meio das cantorias e da embriaguez geral, olhei por cima da borda do tonel e vi que estava cercado de corpos escuros como a noite. Eram os prisioneiros do navio corsário que não tiveram tempo de fugir. O comandante deles zarpara, deixando-os à sanha de nosso capitão.

Nunca tinha visto negros em minha vida, mas ouvira dizer que na África existem países cuja população é formada por negros. Nada de mais que um corsário tentasse apanhar aquela carne escura para fazê-la escrava nos portos da América. Ali estavam mais de quarenta negros, luzidios e fortes, com caras apalermadas, esperando que a orgia dos vencedores terminasse para tomarem conhecimento de sua sorte de vencidos. Que logo foi revelada.

O capitão, embora estivesse embriagado pela vitória e pelas libações com o rum, chegou-se perto do tonel onde eu me escondera e conversou com alguns marinheiros que desejavam atirar os crioulos no mar, sem qualquer outra formalidade.

— Nada disso! Nada disso! Essa gente é valorizada em países do trópico. Servem para trabalhar na lavoura. Rendem bom dinheiro por cabeça, principalmente quando são fortes e jovens como estes que capturamos.

— Como vamos sustentá-los durante tantos dias?

— E onde vamos alojá-los?

— A comida que temos é pouca, com eles a bordo vamos comer menos e pior.

O capitão mostrava-se irredutível. A finalidade da viagem era ganhar dinheiro, ou por meio do saque, ou por outro qualquer tipo de negócio — o que dava na mesma. Vociferou:

— Com seiscentos milhões de demônios! Quem manda nesta merda de barco? Sou eu ou são vocês?

Era ele. Os marinheiros calaram-se. E o capitão declarou que os negros não seriam jogados ao mar, ficariam ali mesmo, no castelo da proa, tomando sol e chuva. Seriam vergastados três vezes ao dia, para se comportarem. Quanto à comida, que eles mesmos pescassem: havia linhas e anzóis suficientes para a tripulação normal e para aquela tripulação suplementar.

Assim foi feito. Navegamos durante vários dias, rumo ao Sul, em águas cada vez mais tépidas, com ventos cada vez mais cálidos. Abandonando o tonel, misturei-me com os negros. Estava nu como eles. Não me deram importância, mesmo porque eu não entendia a língua deles nem eles a minha.

Minha única preocupação era me misturar com todos, a fim de não ser identificado. Resultado: após trinta dias exposto ao mais forte sol dos trópicos, fiquei tão preto quanto os pretos. Pude então raspar a minha barba, o sol torrara o meu rosto, fazendo desaparecer a cicatriz que poderia me denunciar.

Certa noite, estávamos todos dormindo, uns sobre os outros, quando o vigia da gávea soltou um grito pavoroso. Um navio a estibordo nos atacava. O capitão, nesta noite, devia estar dando a dele em cima de Mafalda, tardou a aparecer no convés, quando apareceu já era tarde. O navio estava praticamente tomado. Os novos corsários invadiram o convés e se apoderaram das posições estratégicas. Na verdade, o capitão só saiu de cima de Mafalda para se render, a fim de poupar a própria vida. A atitude foi sábia, pois, juntamente com a sua rendição, ele negociou a rendição de Mafalda.

Não entendi bem aquelas manobras, o fato é que os negros capturados do navio anterior também foram poupados. O comandante do navio corsário também gostou de ver tantos negros reunidos ali na proa e decidiu vendê-los nas colônias portuguesas, a leste do meridiano das Tordesilhas.

Foi assim que passamos para o novo navio: o capitão com Mafalda, e eu com os escravos e negros, como se escravo e negro fosse. Não fomos espremidos no convés e, sim, jogados num porão fedorento. E lá mofei durante quarenta ou cinquenta dias, sem tomar conhecimento do que havia lá em cima.

Dois fatos importantes ocorreram durante esse tempo. O capitão que nos vencera tomou-se de amores por Mafalda e conheceu a desgraça: numa noite, enquanto trepava com ela, foi assassinado pelo capitão, quer dizer, pelo nosso capitão. Com o que o comando passou para ele. Num navio, apenas um homem deve saber onde é o Sul e onde é o Norte. A tripulação é inculta e bárbara, quando vê um capitão morrer, precisa logo de outro. O resto não importa, pois o que importa é chegar a qualquer porto, se possível, ao porto desejado.

Outro acontecimento igualmente importante ocorreu comigo. Jogado no porão, fiquei sem receber sol e, lenta, mas inexoravelmente, comecei a ficar branco outra vez. Os pretos, de início, não perceberam a transformação. Aos poucos, foram notando que eu ficava diferente e, quando me viram completamente branco, caíram de joelhos aos meus pés e começaram a me adorar. Tomavam-me como poderoso feiticeiro, ou mesmo como um deus também poderoso. Não adiantou argumentar com o fato de que um deus, justamente por ser poderoso, não poderia estar preso daquela ignóbil forma. Mais uma vez tive de me submeter às circunstâncias.

A notícia de que havia um grande feiticeiro lá embaixo também comoveu a tripulação. Na calada da noite, os marinheiros vinham me ver, pedir conselhos e me reverenciar. Não tardou que o capitão soubesse da minha existência e dos meus poderes e logo me chamasse.

Não fui apanhado de surpresa, previa que mais dia menos dia seria descoberto pelo capitão. Por precaução, tão logo notara que estava ficando branco, tratara de deixar a barba crescer de novo.

Desta forma, o capitão não viu a minha cicatriz, mas as minhas barbas. Para ele, o homem com a cicatriz era o amante de sua mulher em terra. E o homem de barbas era o frade que tentara sê-lo, a bordo. No fundo, minha perdição era quase a mesma.

Foi portanto com espanto e cólera que ele me reconheceu:

— Como? Não fostes jogado aos tubarões?

— Fui. Mas nadei durante dias e noites. Com a força das minhas orações sobrevivi às vagas e à fome. O outro capitão recolheu-me das águas, tomou-me como prisioneiro e deixou-me mofar no porão.

— Chegaram aos meus ouvidos as notícias dos seus milagres.

— Sim. Os houve. Sou um frade de Deus. O que houve entre nós dois no outro navio foi um equívoco. O senhor não me deu tempo de explicar...

— O vosso pau estava duro! E Mafalda nua na cama!

— Repito: foi um equívoco. Eu ia levar as minhas admoestações à sua esposa quando...

Eu ia muito bem e confiava que mais uma vez empulharia o capitão. Acontece que, com a mudança de navio, o capitão herdara uma tripulação supersticiosa. O antigo capitão nunca embarcava sem a presença de um frade. Daí que havia outro frade a bordo, que logo tomou conhecimento de um outro frade no mesmo navio.

E saiu de seu alojamento para conhecer o colega. Chegou no justo momento em que o capitão já se convencia de minhas razões.

— Está bem — arrematou o capitão. — Eu sempre tive medo de me lançar ao mar com um frade e agora vejo que tenho dois frades. Desgraça pouca é bobagem, queijo em francês é fromagem.

— Fromage — corrigi eu.

— Fromagem, seu idiota, por causa da rima — replicou o capitão.

O frade verdadeiro, quando me viu, ficou perplexo. Passou a mão pelas minhas barbas, como se duvidasse delas. Mas as minhas barbas, pelo menos, eram verazes. Falou para o capitão, com um forte sotaque:

— Carajo! Este frade acá é mucho suspecho!

Com que então se tratava de um frade espanhol! Eu tinha razões para não gostar deles, aprendera, ao longo de minha acidentada vida, que de um frade espanhol sempre se esperam as piores coisas.

A dualidade do poder espiritual no navio constituía um risco para o capitão e uma ameaça ao outro frade. Tanto que ele tratou de me desmascarar, falando em latim:

— Quid est? Cur agis? Ubi est vestis vostris?

Eu me senti perdido. De latim sabia vagamente algumas frases que ouvira pela vida afora ou lera nos portões ou nas lápides dos cemitérios. O remédio foi gritá-las para o frade:

— Quousque tandem Catilina, abutere patientia nostra! Revertere ad locum tuum! Hodie mihi, cras tibi!

E com veemência especial, sabendo o que dizia:

— Est modus in rebus!

O frade abriu a boca, pasmo:

— Carajo!

O capitão ficou satisfeito e convencido de minha identidade. Considerou o diálogo honroso para o seu navio.

Estava escrito que as coisas boas não durariam para mim. Antes mesmo que o frade fechasse a boca, que abrira diante do pasmo *provocado pelo meu latinório, o vigia da gávea lançou um grito pavoroso: um outro navio corsário nos atacava, desta vez a bombordo. Ou a estibordo — foi tudo tão rápido que nem pude ver direito.*

Refrega duríssima e ambos os navios afundaram. Consegui salvar-me em cima de uma tábua. E quando uma onda mais forte me elevou, vi a meu lado, em tábua igual à minha, o capitão e Mafalda.

Ficamos ao sabor das ondas até que demos numa ilha deserta onde nem sequer havia um papagaio. Lera sempre nos livros que em qualquer ilha deserta sempre existe pelo menos um papagaio. Aquela era tão deserta, tão perdida no vasto mar, que nem isso tinha.

O capitão logo tratou de colocar Mafalda protegida de minha cobiça, construindo para ela uma jaula de bambu que não tinha janela nem portas. Ele, capitão, privava-se dela, em compensação ficava certo de que a mulher não treparia comigo.

Tanto tomou precauções contra mim, que acabou se esquecendo de Mafalda. E ela, com os dentes, arrebentou as talas de bambu que formavam a jaula. Conseguiu fugir.

Unidos agora na mesma dor, saímos a procurar Mafalda pela floresta que havia na parte setentrional da ilha. Fomos encontrá-la numa tribo de macacos que a trepavam ininterruptamente, todos eles achando boa a ideia de fazer aquilo com o bicho branco, macio e sem pelos que lhes apareceu.

O capitão tentou enxotar os macacos com as vociferações que infundiam tanto respeito aos marinheiros. Os macacos pouco temiam os setecentos milhões de demônios que ele invocava a todo instante.

Alucinado, o capitão partiu para a ignorância e foi agredir o macaco que se preparava para comer a mulher dele.

— Com oitocentos milhões de demônios! — exclamou.

Antes, ele convocara apenas setecentos milhões de demônios. Os cem milhões de demônios suplementares que agora invocava não puderam auxiliá-lo.

Um macaco gigantesco veio por trás do capitão e pronto o matou, com uma porrada na nuca.

Foi então que vi chegada a minha hora. Já passara por negro no meio de negros. Não me custava passar por macaco no meio de macacos.

Entrei na fila. Dava pulos e gritos, a fim de não despertar suspeitas. Havia uns cinco macacos na minha frente e eu sabia que agora Mafalda seria minha. Logo a fila ficou reduzida a três, a dois: eu e um outro. Era a vez desse outro. Caiu em cima de Mafalda e tanto gostou que pegou Mafalda pelos braços e a carregou, pulando de galho em galho. Sumiu com ela, levando-a para a impenetrável floresta.

Eu já estava outra vez com o pau duro, duríssimo, nunca sentira tão próximo o momento de possuir Mafalda.

Minhas desgraças não terminaram ali. Os macacos que armaram nova fila atrás de mim quiseram ter o seu quinhão. Se fosse agarrado, seria obrigado a me submeter à lascívia daquela horda de animais.

Tive de fugir com a odiosa malta de macacos no cio em meu encalço. Atirei-me às ondas e nadei com tamanha fúria que consegui atravessar os sete mares do mundo e chegar até o meu porto de origem para contar esta história. Isto no Ano do Senhor de MCMLXXIV.

XXII

Dos Passos cansara com texto tão longo. Terminou a leitura com voz fraca, quase rouco. Ele esperara, talvez, uma ovação de nossa parte, mas nem o Grande Arquimandrita nem eu nos manifestamos. Não conseguira prestar atenção, volta e meia o pensamento ia para outra parte e, quando voltava, a história não fazia muito sentido. Ou quem sabe, a própria história não tivesse qualquer sentido.

O Grande Arquimandrita, pelo menos, ouviu tudo com cara interessada, como se fizesse de quando em vez alguma restrição mental ao todo ou às partes.

O velho e o rapaz nem ouviram. Sic Transit mastigava o ar e olhava as paredes, Otávio dormia.

Tanto eu como o Grande Arquimandrita suspeitávamos que o pior viria após a leitura. E veio. Dos Passos dobrou os papéis, guardou-os sob seu colchão e nos enfrentou:

— Como é? Gostaram?

Declarei que gostara. Não me interessava criar uma polêmica. Quanto ao Grande Arquimandrita, estava desolado:

— Um talento perdido, meu caro, um talento jogado aos porcos!

Dos Passos não esperava a veemência daquela espinafração e deu um pulo:

— Seu merda! Está muito bom!

O Grande Arquimandrita obstinou-se e arrastou Dos Passos para um complicado bate-boca. Se a história de Dos Passos pouco me interessou, a consequente discussão me irritou. Os dois se engalfinharam, citaram nomes estranhos, Dos Passos acabou chamando o Grande Arquimandrita de comunista.

— Eu? Comunista? O senhor é que está fazendo o jogo deles com esta literatura decadente e torpe!

— Torpe? Decadente? Meu caro, a literatura só se salvará se voltar às suas origens. O folhetim, a aventura, a escatologia.

— Mas Anatole, o grande Anatole...

— Merda para o Anatole!

A discussão se arrastou, e embora eu ouvisse alguns trechos, entendi dela pouco menos do que entendera do original de Dos Passos. Sentia-me cansado, não do esforço em prestar atenção na leitura, mas da própria vida.

Pois os dias se passavam, e nós sabíamos que a prisão era um castigo que havíamos merecido por alguma culpa, mas não tínhamos noção da falta que havíamos cometido. Quase todos os dias eu fazia um inventário de nossa situação, tentando descobrir onde erráramos, onde não déramos certo.

Dos Passos e eu havíamos entrado numa simples embrulhada. Alguns dias de cadeia ou uma boa surra bastariam para puni-la.

O Grande Arquimandrita nunca fora claro a respeito de seu caso. Era sem dúvida um vigarista, mas pacífico, como todo bom vigarista. Não fazia o gênero do desordeiro. Era um fanático da ordem, ao contrário de Dos Passos, que exaltava a ordem como ideologia e fazia desordens por necessidade e gosto. Aos poucos, somando revelações esparsas que ele nos dava, podia formar um perfil aproximado do tipo de golpes que aplicara por aí.

Seu mistério não podia ser decifrado mas apalpado. Há tempos, vendera títulos nobiliárquicos em nome do tal Máximos IV, e muita gente importante havia embarcado em sua furada canoa. Vendeu lote de um terreno em Jerusalém, que ficava ao lado do antigo Templo, terreno que ele garantia ter sido regado com gotas de sangue que Jesus deixara pelo caminho, ao ser levado para o Calvário.

Tantas fez que um dia se deu mal. Vendeu o título de Cavaleiro-Templário e Preboste-Mor de uma ordem inexistente a um general reformado que gostava de comendas e crachás. O general acreditou naquilo e compareceu a uma recepção na embaixada da Turquia. Foi paramentado com a túnica escarlate e as insígnias da ordem inexistente. Um especialista nesses assuntos, que sempre os há nas cerimônias oficiais, chamou o general a um canto, e explicou-lhe que a ordem não existia, nem o título. O general exibiu um diploma assinado pelo Patriarca e ficou sabendo que até mesmo aquele tal Máximos IV era improvável.

Furioso, o general tomou providências: o Grande Arquimandrita não teve tempo nem oportunidade de explicar — nem havia o que explicar. Fora preso e deixado a mofar conosco.

Mais complicado era o caso de Sic Transit. Ele não falava nada, e, mesmo que falasse, pouca coisa saberíamos dele. Dos Passos suspeitava de pequenos roubos, a mania do velho em querer se apoderar do meu vidro de compota era um sintoma, uma pista. Se, dentro de uma cela, policiado por nós todos dia e noite, ele tentava apanhar o que não era dele, lá fora a sua sorte deveria ter sido melhor. Assim como Dos Passos sofria de furor fálico, Sic Transit sofria de outro tipo de furor que nunca se aplacava. Ele comia o seu prato, o resto dos nossos e continuava faminto.

Quanto ao jovem, aos poucos conseguimos saber alguma coisa a seu respeito. Tinha 26 anos, nunca trabalhara. Viciara-se em maconha. Quando a erva não fazia mais efeito, apelava para as drogas. Meteu-se também em roubos de bancos, pois o vício custava caro. Em termos de filosofia policial, seria ele o peixe mais graúdo. Era até estranho que estivesse conosco — que no fundo éramos simples vagabundos.

Drogas, assaltos a bancos — havia rigor especial para esse tipo de delito. Bandidos comuns e grupos de militantes políticos atuavam neste setor, frequentemente havia mortes de um lado ou de outro.

Tanto os bandidos como os subversivos da ordem política terminavam assassinados nas ruas ou presos em quartéis militares. Nunca em dependências policiais. O rapaz pouco falava de si e nós pouco ligávamos para a vida dele.

Estranho, também, o fato de não parecer um viciado. No momento da prisão e nos primeiros dias de convivência, vinha dele um cheiro adocicado que revelava o vício mas não a dependência. Nunca tinha delírios. Seu comportamento era normal, não litigava, aceitava tudo com calma. E se dormia o dia todo, tinha motivos para isso. Acontecesse o que acontecesse, ele se mantinha imperturbável. Não queria saber de nada e detestava comer. Só tomava café e comia pão.

Desprezava a comida servida ao almoço e ao jantar, beliscava pouquíssima coisa, o resto dividia com Sic Transit e Dos Passos. Por causa disso, talvez, era o único que tinha merda limpa. Não se sentia cheiro algum quando ele sentava na lata de margarina. Isso o tornava simpático.

Neste departamento, a pior merda era a do Grande Arquimandrita. Cheirava a azeitonas gregas, a tâmaras egípcias, a figos da Armênia, a especiarias fermentadas. Era uma merda especial a sua, pois comendo as mesmas porcarias que todos comíamos, ele conseguia ter uma merda barroca.

Sic Transit cagava pouco e era um dos mistérios que nos intrigava. Para onde ia a quantidade de comida que ele tanto ingeria?

Dos Passos chegou a suspeitar que o velho, à noite, enquanto dormíamos, comia a própria merda.

O maior mistério pairava mesmo sobre o rapaz, que somente uma única vez disse o seu nome: Otávio. Além da merda, o rapaz tinha outras qualidades. Não incomodava ninguém. A família dele devia ter recursos, suas roupas, embora esfarrapadas e sujas, revelavam qualidade. Era do tipo que, se dependesse exclusivamente dele, não teria parente algum, nem pai nem mãe. Uma tarde, Sic Transit cismou de comer um pedaço de sabão que acabou entalado em sua garganta. Otávio conseguiu salvá-lo da sufocação. Demonstrou perícia ao extrair o sabão da garganta do velho — foi assim que ficamos sabendo que ele cursava ou cursara medicina. Deixara os estudos e viciara-se, não suportava o tédio e, paradoxalmente, não gostava de gente nem barulho. Sua mania mais extravagante, ali na prisão, resumia-se a um lenço. Parecia um pano qualquer, sujo de tinta, desses que os pintores usam para limpar ou secar os pincéis. Otávio tirava o lenço do bolso das calças e ficava brincando com ele, dobrando aqui e ali, fazendo combinações com as cores que já estavam mais que combinadas.

Obtínhamos assim algumas informações esparsas a respeito dele. Mas nunca ousamos perguntar sobre o lenço. Dos Passos tinha as punhetas, eu tinha o vidro com o meu pau, o Grande Arquimandrita tinha a sua pompa e a sua merda, Sic Transit tinha a fome, o rapaz tinha o lenço. Cada qual se coçava como podia.

Uma tarde, quando estávamos em silêncio, entregues aos nossos próprios pensamentos — com o tempo, eu conseguira obter a perfeição de não pensar em nada —, o Grande Arquimandrita deu um berro:

— Achei! Achei! Eureca!

— Achou o quê? — perguntou Dos Passos, que aos poucos começava a ficar inquieto com as ideias do Grande Arquimandrita. Pressentia nele um rival perigoso.

— Achei um nome para o meu pau! Reconheço que o nome de Herodes é melhor, mas cada um tem o pau e o nome que merece. O meu vai chamar-se Gregório, o Grande!

— Mas seu pau é muito pequeno.

— Não tem importância. O nome é bonito, Gregório criou o calendário que usamos. Meu pau tem alguma coisa a ver com o calendário, tem meses, semanas, dias e até horas... mais tarde explicarei as razões que me fazem adotar este nome. Por ora, vou tomar algumas providências.

Tínhamos experiência a respeito das providências que o Grande Arquimandrita costumava tomar. Dos Passos ponderou que seria melhor deixar as providências para o dia seguinte. Naquela mesma manhã, a pretexto de ter o Grande Arquimandrita pedido para telefonar a seu advogado — ele não tinha advogado porra nenhuma —, os guardas já haviam nos surrado.

Desta vez, o Grande Arquimandrita foi o primeiro a nos tranquilizar, dizendo que a providência que tomaria seria inocente:

— Vou escrever uma carta a Sua Beatitude.

— Sua o quê?

— Beatitude. Sua Beatitude. É o tratamento oficial que damos ao patriarca Máximos IV. Os católicos romanos chamam o papa de Sua Santidade. Os budistas...

— Isso vai dar bode! Esse Macários IV não vai fazer nada pela gente!

— Não é Macários! É Máximos IV. E vou apenas expor a situação. Tenho certeza que virão soltar-me. O governo ainda me pedirá desculpas e eu condicionarei o perdão à liberdade de vocês. Sei o que estou fazendo.

Ele havia subornado um outro guarda à custa não sei de quê. Dos Passos tinha pau grande, que podia ser chupado do lado de fora da grade por um guarda interessado. O Grande Arquimandrita tinha pau pequenino, atrofiado, de Menino Jesus. A única hipótese seria o caso de Dos Passos às avessas. Ele é que, durante a noite, enquanto dormíamos, poderia chupar o pau de um guarda. A História um dia ainda dará a última palavra sobre essa regalia que ele gozava. O fato é que, de repente, apareceu com caneta e papel de carta.

Passou a tarde escrevendo e, à noite, leu para nós o rascunho. Em tempo: ao contrário de Dos Passos, que quando lia sua produção literária imprimia à leitura um ritmo monótono, acadêmico, o Grande Arquimandrita fazia grandes gestos. Revelava-se formidando.

Beatíssimo Senhor Máximos IV, Patriarca para o Ocidente, Grão-Mestre para o Oriente e Preboste Universal.
Respeitosas saudações.
Viemos à venerável presença de Vossa Beatitude expor o doloroso equívoco do qual está sendo vítima um de seus mais obscuros e fiéis adeptos. Como Vossa Beatitude não ignora, recebemos a honrosa missão de representar Vosso Patriarcado em terras brasileiras, e, em função de nossas elevadas atribuições, procuramos executar tão dignificante missão da melhor maneira possível.
Relatórios anteriormente enviados dão conta dos frutos colhidos pelo nosso trabalho. Eis que, recentemente, por força de circunstâncias alheias à nossa vontade, fomos envolvidos num repugnante mal-entendido, o que nos valeu injusta e já prolongada estada num cárcere. E é desta cela ignóbil que me dirijo a Vossa Beatitude...

A porta fez o habitual ruído que tanto conhecíamos. Sempre que isso acontecia, ficávamos encolhidos num canto, esperando pelo pior. A não ser nas horas de refeição, sempre vinham más notícias ou coisas, seguidas invariavelmente de pancadaria. O fato de ter o Grande Arquimandrita escrito uma carta à Sua Beatitude era crime que mais cedo ou mais tarde deveríamos expiar.

Mal a porta se abriu, um camarada foi jogado aos pontapés para dentro. Os guardas riam e o sujeito se estatelou no chão, aos pés do Grande Arquimandrita, que astuciosamente escondera a carta ao Patriarca Máximos IV sob a lata de margarina.

Os guardas proferiram alguns palavrões e fecharam a porta, mas logo voltaram e distribuíram cascudos em todos nós. Depois, sim, foram embora.

Só então pudemos observar o novo companheiro de cela. Era um chinês, ou coisa que o valha. Murmurou coisas estranhas, até que o Grande Arquimandrita evocou a si a responsabilidade do interrogatório. Aos poucos, conseguiram se entender num inglês mal sabido por ambas as partes. Tratava-se mesmo de um chinês, ou de um coreano, um tailandês, um cambojano, nenhum de nós conhecia em detalhes ou mesmo sem detalhes a complicada geografia daquela parte do mundo.

Dava na mesma. Sendo chinês, a coisa ficava mais simples. Foi assim que pensamos e o chinês, sendo ou não chinês, pensou da mesma forma e ficou sendo chinês para todos os efeitos.

Nossa primeira providência foi arranjar um nome para ele, a fim de se evitar futuras complicações. Bastava o precedente criado por Sic Transit, que não tinha nome nenhum. O interrogatório demorou horas, e só à noitinha o Grande Arquimandrita comunicou-nos o pouco que conseguira obter. O camarada se chamava qualquer coisa parecida com He Sala Koma Tsé, que significava mais ou menos, em seu idioma natal, "Raio de Sol Nascente".

Era nome poético demais para um homem feio, amarelo, pequenino. Parecia estar sofrendo de icterícia. Quanto aos motivos de sua prisão, nem mesmo ele sabia o que estava acontecendo. Viera num cargueiro holandês, tomara um porre na praça Mauá e perdera o navio. Andou pela cidade sem ter o que fazer, até que a polícia meteu a mão nele. Era tudo e era o suficiente.

A chegada do chinês distraiu-nos e fez o Grande Arquimandrita esquecer-se da carta ao Patriarca. Mais tarde, foi ainda o Grande Arquimandrita que explicou ao chinês a nossa organização interna. Precisávamos de um decano do corpo diplomático, ele deveria ser empossado em tão importante cargo. Representaria todos os interesses estrangeiros, e, como mantínhamos boas relações com todos os povos do mundo, isso equivalia a uma embaixada ecumênica.

Na noite daquele mesmo dia, Dos Passos pediu a convocação de um plebiscito para decidir sobre uma questão que muito o interessava: estava cansado de bater punhetas todas as noites. Com a chegada do chinês, desejava apoio para a sua reivindicação. Em vez das punhetas, passaria a enrabar o chinês quantas vezes tivesse vontade. O sujeito não poderia estrilar, além de pequenino, era minoria. No mais, tratava-se de um estrangeiro.

Levantaram-se algumas dúvidas, mas Dos Passos conduziu os debates com habilidade e coube ao Grande Arquimandrita a missão de explicar a coisa ao chinês, que ouvira a nossa conversa piscando seus olhinhos miúdos, a cara alarmada, prevendo que nada de bom tramávamos contra ele.

Apesar de ter apelado para a mímica, o Grande Arquimandrita não conseguiu que ele compreendesse a situação. Resolvemos esperar pela noite. Tão logo ferrou no sono, Dos Passos caiu em cima dele. O chinês esperneou o quanto pôde, e, como o barulho podia chamar a atenção dos guardas, achamos conveniente ajudar o companheiro. Seguramos o chinês pelas pernas e pelos braços, Dos Passos serviu-se dele cinco vezes seguidas.

Nas outras noites a cena repetiu-se: levou quase uma semana para que ele compreendesse. Também, quando compreendeu, não estrilou mais. Aceitou os fatos com resignação.

XXIII

Da mesma forma que um dia nos prenderam, da mesma forma um dia nos soltaram. Estávamos dormindo, esbodegados, na véspera tivéramos uma discussão por causa do chinês. Ele se aliara ao rapaz e ambos conseguiram se entender em torno de algumas ideias: eram socialistas e gostavam de drogas. Isso bastava para que formassem uma ala dissidente, um partido de oposição. A *pax* imposta pelo Grande Arquimandrita, e cujo núcleo era ele próprio, ficara ameaçada. Dos Passos defendia o fascismo com veemência, o jovem não lhe dava resposta e o chinês nada entendia. Desconfiava que não estava agradando, apesar de submeter-se todas as noites à libido do adversário, que não apenas o enrabava como o desdenhava, acusando o seu rabo oriental de pior do que o pior rabo do Ocidente.

Tudo ficaria bem, numa disputa mais ou menos acadêmica sobre ideologias contrárias e rabos orientais e ocidentais, quando o Grande Arquimandrita começou impressionante discurso contra os rumos da juventude, a droga e o Pacto de Varsóvia. Inesperadamente, o rapaz o interrompeu. Acusou o Grande Arquimandrita de ter dado o rabo à classe dominante. O bate-boca esquentou mas não foi além de palavras.

Quando os ânimos amainaram, Dos Passos quis servir-se do chinês mas Otávio não consentiu: estavam os dois, agora, unidos contra todos. Dos Passos insistiu. Percebendo que o rapaz firmava posição em defesa do aliado, foi para o canto bater as suas punhetas. Na altura da segunda, pichou mais uma vez o chinês, dizendo que o cu dele era tão ruim que as punhetas até que eram melhores.

Fomos dormir amuados. Pela manhã, os guardas abriram a porta com estrondo:

— Vão pra rua, seus filhos da puta!

De início, ninguém compreendeu a estranha ordem, com exceção do chinês, que apesar de nada entender, toda a vez que a porta se abria levantava-se do chão e se precipitava para fora. Só voltava à custa de muita porrada.

— Levantem, seus merdas, podem ir embora!

Aos poucos, compreendemos que era a liberdade, mas nem por isso ficamos satisfeitos. Nenhum de nós — creio — havia feito planos para a liberdade. E ela caiu sobre nossa cabeça como um desamparo, uma espécie de desemprego. Nem Dos Passos nem o Grande Arquimandrita, dotados de imaginação, haviam previsto aquela hipótese. Nada se programara para a ocasião. Habituáramos à cela, às pancadas, à comida detestável. Assim como eu me conformara a viver sem pau, conformara-me a viver sem liberdade.

O Grande Arquimandrita ameaçou fazer um discurso de agradecimento, mas os guardas mandaram que ele se calasse. Na rua, ele poderia falar o que bem entendesse. Ali, era tratar de dar o fora. A mesma brutalidade que empregaram durante tanto tempo para nos manter na cela, era agora usada para nos tirar dali.

Mesmo assim, serviram o café aguado de todas as manhãs acrescido de uns biscoitos com cheiro de barata. Parecia uma gentileza apropriada à cerimônia de despedida. Eu sabia o que a liberdade iria representar a curto prazo: fome. Tratei de comer o que podia, no que fui imitado por Sic Transit, que não precisava de nenhuma consideração especial para devorar tudo.

O Grande Arquimandrita percebeu a nossa voracidade e a recriminou. Expliquei-lhe as minhas razões.

— São sábios os seus motivos — respondeu-me ele. — Mas agora você não estará sozinho. Lá fora continuaremos juntos e em breve os bons efeitos de minha companhia se farão sentir.

Em matéria de bons efeitos, eu já tivera dura experiência com as ideias de Dos Passos. Agora, teria o acréscimo das ideias do representante do Patriarca Máximos IV.

Estávamos enfileirados na porta, à espera da escolta que nos levaria até a rua. Nossos poucos embrulhos, feitos de jornal, denunciavam a miséria de onde tínhamos vindo e para a qual retornávamos.

No justo momento em que a escolta apareceu para nos conduzir, o Grande Arquimandrita pediu licença para ir à lata de margarina. Os guardas tentaram convencê-lo a deixar para mais tarde, ele poderia comemorar a liberdade lá fora. O Grande Arquimandrita declarou-se apertado, nas últimas:

— Meus intestinos funcionam com a precisão de um relógio. Cinco minutos após o *breakfast*, tenho de ir à privada.

Como sempre, quando o Grande Arquimandrita pronunciava a palavra *breakfast*, sentimos um grande temor. Desta vez nada aconteceu.

Aturamos, com resignação, o fedor da merda arquimandricial. Pela emoção dos últimos acontecimentos, estava podre como nunca merda alguma esteve. E foi com este cheiro impregnado em nosso corpo que saímos à rua, bando sujo, maltrapilho, piores do que mendigos e miseráveis — livres.

O pior era isso: livres.

Terceira Parte

Eis a verdade profunda,
mudá-la, ninguém pode:
até o papa tem bunda,
até a nossa mãe fode.

(Quadra de pé-quebrado que Dos Passos deixou gravada
na cela de nossa prisão)

XXIV

Havíamos perdido a noção do tempo. Por mais que fizéssemos um esforço conjunto, não conseguíamos saber em que dia ou mês estávamos. Numa banca de jornais tiramos as dúvidas: era abril, dia 14. Tentei lembrar-me da data em que fora preso, mas nem eu nem Dos Passos tínhamos memória dela. Eu próprio me surpreendi preocupado com aquele fato.

O meu companheiro reassumiu a liderança que sempre exercera sobre mim:

— Não adianta queimarmos a cabeça para saber quanto tempo ficamos presos. Para quê? De que nos servirá? Agora é tratar da vida.

Tão sábias palavras despertaram o Grande Arquimandrita, que estava até então apalermado. Quis promover uma discussão para tomada de decisões. A rigor, não tínhamos feito qualquer plano para o caso de nossa libertação. Quase todos os dias marcávamos uma assembleia para discutir o assunto, mas creio que havia em cada um de nós a esperança de que a prisão seria eterna. E a liberdade um luxo caro demais que nunca poderíamos pagar. Um luxo que, além de caro, seria inútil.

O Grande Arquimandrita sempre roncara vantagens, falava em amigos, em influências na sociedade, dizia-se bem relacionado.

Mas ali, na rua, parecia o mais infeliz. Na cela, com o *robe de chambre* cor de vinho, ganhava dimensão, parecia um bispo, um profeta. Vestido de farrapos, era mais um vagabundo no meio de outros.

Bem ou mal, o fato é que ele exercera uma liderança na cadeia. Na rua, a cada esquina que cruzávamos, a liderança passava para Dos Passos. Pelo menos, ele tinha um quarto, um sólido quarto com quatro paredes, uma cama. E além do quarto, das paredes e da cama, uma imaginação exacerbada, que, se lhe valia temporadas na cadeia, valia-lhe também, eventualmente, um prato de comida.

Foi Dos Passos que tomou a iniciativa de nos guiar. Deixou-nos num banco da praça da República e partiu em busca de um destino para ele e para nós. Voltou ao cair da tarde: não arranjara nada. O seu quarto estava ocupado por outro, o coronel que era seu amigo precisara daquele alojamento para complicadas operações clandestinas. Os novos ocupantes, quando muito, deixaram que Dos Passos apanhasse a sua pequena e imunda mala, com suas poucas e imundas roupas. Além do mais, um decreto que regulamentava os inativos da polícia cortara-lhe a pensão a que tinha direito. Dos Passos estava fodido.

A notícia irritou-nos. Depositáramos baita confiança no sucesso de sua missão. E embora ele tivesse partido apenas em busca de alojamento, nós o culpamos também da fome que começava a apertar.

O Grande Arquimandrita resumiu o pensamento de todos nós:

— Você é um merda! — disse ele, sacudindo o dedo no nariz de Dos Passos.

Foi esta, por sinal, a primeira explosão temperamental do venerável personagem. Na prisão, ele passara por transes piores sem nunca perder a compostura, a dignidade de seus títulos e feitos.

Agora, ali na rua, espremido com nós outros, ele também se sentia miserável. E isso o irritava.

Sic Transit dormira a tarde inteira debaixo de uma árvore. Acordara com a chegada de Dos Passos e foi o único que pareceu não se incomodar. Ouviu o relato do companheiro e se mandou. Voltou meia hora depois, mastigando um pão que na certa roubara. Em outras circunstâncias, o Grande Arquimandrita teria condenado a sua atitude. Agora, Sic Transit provava que era melhor do que nós. Isso o fazia merecedor de um silêncio que valia por uma homenagem.

Foi quando Otávio fez uma coisa espantosa: tomou a palavra e cometeu uma espécie de discurso:

— Bem, estamos na pior, o jeito é cada qual se virar por aí. Afinal não somos amigos, mal nos conhecemos, fomos presos contra a nossa vontade e reunidos também contra a nossa vontade. Não podemos continuar amarrados um no outro.

Isso equivalia a uma despedida.

O Grande Arquimandrita replicou, fazendo um bombástico discurso sobre a ingratidão. Suas palavras tiveram um efeito surpreendente. O rapaz pareceu vacilar e acabou admitindo:

— Talvez eu possa quebrar o galho de vocês, mas somente por uma ou duas noites. Comida não prometo, mas teto, talvez arranje um, pelo menos para hoje e amanhã.

Dito o quê, mandou-se em companhia do chinês, que continuava a não compreender nada do que se passava. Quanto a nós, ficamos na mesma. A inutilidade do rapaz e as poucas palavras que proferira não entusiasmavam. De qualquer forma, a sua promessa era alguma coisa mais do que nada. Ou ele quebrava o nosso galho para aquela noite, ou teríamos de dormir na rua. O mais prático — segundo declarou o Grande Arquimandrita — era abrir um crédito de confiança ao rapaz.

A noite caíra. Volta e meia, passava um guarda pelas alamedas da praça. Nosso medo era que ele nos enxotasse dali. Felizmente, duas horas depois Otávio retornou sem o chinês:

— Acho que quebrei o galho. Podem vir.

— Ir aonde? — perguntou Dos Passos.

Otávio ia responder mas desanimou. Já se violentara o suficiente para arranjar um canto em que passássemos a noite. Não iria desperdiçar tempo e palavras para explicar o que não tinha explicação.

— Se quiserem vir, me acompanhem. Do contrário, dá na mesma.

Dos Passos perguntou pelo chinês.

— Ele ficou lá. Meteu-se na cama e está dormindo.

Àquela altura de nosso cansaço, a ideia de uma cama, de alguém — um de nós — estar dormindo, equivalia a um prêmio. A fome apertava mas sabíamos, cada qual pela própria experiência pessoal, que o sono tapeava. Entre um prato de comida deplorável e uma cama, a cama às vezes é preferível.

— Vamos.

Atravessamos a praça e entramos numa rua escura, nos fundos do Ministério do Exército. Havia uma camionete à espera. Um sujeito barbado estava ao volante. Com má vontade perguntou a Otávio:

— São esses?

— São.

Nos arrumamos com dificuldade, na parte traseira havia uns sacos de batatas, o que prejudicava a nossa acomodação.

Rodamos pela Saúde, em seguida por diversos bairros da Zona Norte, por ruas mal iluminadas que nenhum de nós conhecia. Afinal, o carro parou diante de uma velha casa, que parecia deserta.

— Não façam barulho, por favor. Olha que pode dar bode pra cima de mim.

Otávio parecia contrafeito de nos estar prestando aquele favor. Atravessamos um pequeno jardim pessimamente conservado, de jardim só tinha a intenção e o feitio. Mesmo assim, o Grande Arquimandrita reparou nele e parece que o admirou:

— Se ficarmos aqui, plantarei rosas.

— Melhor seria plantar batatas — aconselhou Dos Passos.

— Calem a boca!

Otávio estava irritado, adiantou-se para bater à porta. Deu três pancadinhas ritmadas perto da fechadura: evidente que era uma senha. Do lado de dentro responderam com outras três pancadinhas. Otávio tirou uma chave do bolso e arranhou a fechadura em vários sentidos. No interior fizeram o mesmo. Após a cerimônia secreta, abriram a porta. Entramos numa sala escura, não havia luz em canto algum. Quando a porta foi novamente fechada, fomos empurrados para outro cômodo.

— Não estou gostando — falou em voz alta o Grande Arquimandrita.

— Cala a boca, imbecil!

Por mais que me esforçasse, não descobri de onde viera a voz que justificadamente chamava o Grande Arquimandrita de imbecil. Atravessamos um corredor comprido e estreito. Nova porta fechou-se atrás de nós. Uma voz muito forte surgiu da escuridão:

— Estão todos aí?

— Estão — respondeu Otávio.

— Acendam a luz.

A impressão que eu tive foi deprimente: estava na mesma cela em que passara tanto tempo. Nada mudara, havia até mesmo uma lata igual, só que não era de margarina, mas de manteiga. No mais, o mesmo chão de cimento, a mesma sordidez, a mesma sujeira e, sobretudo, a mesma porta que nos fechava do mundo e nos tornava prisioneiros.

Dos Passos também teve a mesma sensação e exigiu explicações:

— Isso é uma cilada? Estamos presos novamente?

— Presos uma ova! — respondeu Otávio de má vontade.

— Vocês não podem reclamar. É isso aqui ou dormir lá fora.

— Agora ninguém pode dormir lá fora — disse a voz forte que havia mandado acender a luz e que parecia a autoridade máxima daquele lugar e situação.

— Então estamos presos mesmo? Outra vez? — Dos Passos mostrava-se inquieto.

— Se assim o quiserem, podem se considerar presos.

Vimos afinal o homem que dava ordens. Era baixinho, parecia um estrangeiro que já dominava a língua e conhecia a vida em geral. Apesar de sua experiência, não conseguia esconder o espanto diante do Grande Arquimandrita, com seu rosto branco e balofo, sua cara que mais parecia a bunda de uma freira. Ia perguntar qualquer coisa a respeito dele mas limitou-se a olhar com raiva para Otávio.

— Fiquem à vontade. Amanhã conversaremos.

O homem saiu e deixou-nos com Otávio. Dos Passos logo quis saber onde estávamos e o rapaz explicou o que era possível:

— Vocês iam dormir na rua e seriam presos novamente. Eu ofereci o que podia e o que podia é isso.

Dos Passos perguntou pelo chinês e Otávio foi breve na resposta:

— O chinês é um dos nossos.

Dirigiu-se para a porta e de repente parou, a fim de olhar Sic Transit. Evidente que gostava do velho:

— Bem, vou ver se arrumo qualquer coisa para vocês comerem. Não esperem muito. Um pedaço de pão, talvez um café. Ou uma dose de cachaça.

Bateu a porta e ficamos sozinhos, sem esperança de passarmos ali uma noite agradável. Sic Transit escolheu o melhor canto — que ficava distante da porta — e logo se deitou, os olhos redondos, esperando pelo pão prometido.

O Grande Arquimandrita foi inspecionar a lata e constatou que ela não tinha a mesma finalidade da outra.

— Veja, é uma lata mesmo.
— Você queria que fosse o quê? Um cofre? Um piano?
— Pensei que era a latrina.
— E se não é latrina, o que é?
— Uma lata. Apenas isso.
— Onde será a latrina?

Esta foi a primeira mas não a única nem a mais importante dúvida que nos assaltou durante a noite. Dos Passos quis urinar e bateu com os punhos na porta. Ninguém atendeu. Resolveu urinar na lata mas o Grande Arquimandrita pediu que ele se contivesse:

— Vamos ser disciplinados. Precisamos conquistar a confiança dessa gente. Se sujarmos a lata, as coisas podem piorar para o nosso lado.

Dificilmente poderíamos supor que a situação se tornasse pior, mas não custava aguardar um pouco. Cochilamos pelos cantos e depois de um tempo que ninguém poderia medir, a porta se abriu e apareceu um crioulinho com um embrulho de padaria. Abrimos rapidamente e vimos que, além de pães, havia algumas rodelas de salame.

Foi uma esganação geral. Sic Transit comeu até o papel do embrulho que ficara manchado com a gordura do salame.

— E o café? — o Grande Arquimandrita era um otimista.
— Não tem café — respondeu o crioulinho.

— E a cachaça?

— Também não tem cachaça. Só água.

Dos Passos expôs a questão: precisava urinar.

O garoto prometeu levar o problema aos donos do local, mas antes de ir embora avisou que a lata não podia ser usada para nenhuma finalidade afim.

Voltou logo após, pedindo que Dos Passos o acompanhasse. Em seguida, todos quisemos urinar e fomos, um a um, até o banheiro quase ao lado da cela. Quando chegou a minha vez, o crioulinho perguntou o que era o meu embrulho:

— Um caralho.

Otávio não tinha dado explicações a meu respeito e enquanto eu urinava, o crioulinho foi avisar que havia um camarada com o caralho dentro de um vidro. Ao sair do banheiro, ele me levou até outra sala, que estava iluminada por uma lâmpada vermelha.

Parecia um quarto de bordel do interior, havia odores estranhos pelo ar, cheiro de vaginas molhadas, virilhas suadas e talco vagabundo. Enquanto eu mostrava o embrulho para pessoas indecifráveis que volta e meia surgiam dos cantos, consegui identificar diversos cheiros. Havia, porém, um que me escapava.

Procurei distinguir Otávio no meio daquela gente, mas provavelmente ele estava dormindo em outro canto.

Quando voltei à cela, encontrei Dos Passos excitadíssimo.

— Você viu?

— Viu o quê?

— O cheiro.

O Grande Arquimandrita intrometeu-se para corrigir: ninguém poderia "ver" o cheiro. No máximo, alguém poderia senti-lo.

— Não. Não vi nem senti cheiro nenhum.

Dos Passos ficou desapontado com a minha falta de solidariedade. Ele *vira* um cheiro e exigia um testemunho a favor de sua estranha visão. Sentia-me muito cansado, decidi deitar no chão e dormir. Tomei as providências de praxe para que Sic Transit, embora empanturrado de salame e pão, não tivesse ganas de avançar no meu pau. Deixei Dos Passos e o Grande Arquimandrita numa polêmica sobre "ver" e "sentir" o cheiro. Na verdade, eu não podia perceber cheiro algum, havia muito só conseguia sentir um cheiro: o da merda do Grande Arquimandrita, que parecia ter contaminado o mundo inteiro.

Acordei no meio da noite com o barulho da porta. Alguém entrava na cela e acendia a luz.

— Cadê a lata?

Eu não podia imaginar que a lata fosse importante. O fato é que um sujeito apareceu no meio da noite e confiscou-nos o único mobiliário. Pela porta que ficou aberta por um minuto, Dos Passos meteu a cara do lado de fora e sorveu o ar em grandes goles.

— Olha o cheiro!

O sujeito que viera apanhar a lata encarou Dos Passos. Resmungou num tom de ameaça:

— É melhor você não sentir cheiro nenhum.

Fechou a porta. Dos Passos despertou o Grande Arquimandrita, que não acordara com a chegada do visitante noturno:

— Descobri! Descobri!

O Grande Arquimandrita custou a entender o que Dos Passos havia descoberto. Sempre disposto à discussão, reiniciou a briga:

— Recuso-me a olhar o cheiro. Ninguém pode ver um cheiro.

— É maconha. E da boa, do Nordeste. Isto aqui é um antro de viciados. Otávio é um deles.

O assunto não me interessava mas o breve cochilo me roubara o resto do sono. Não tive outro remédio senão ouvir a discussão dos dois.

Não é possível — insistia o Grande Arquimandrita. — Esse pessoal é da melhor qualidade, gente boa...

— E quem disse que os viciados são gente da pior qualidade?

Não eram brilhantes os argumentos apresentados por um e por outro, mas fechada a porta, ficara no ar um cheiro estranho, adocicado, de erva queimada. Já sentira aquele cheiro não sei onde, mas nunca o associara à maconha.

Dos Passos jurava:

— Isso aqui é um local onde a droga corre solta.

Boca de fumo importante. Daí aquelas precauções de Otávio, quando chegamos. Ele ficou roçando a chave na fechadura. São as senhas e contrassenhas. Era um sinal de que a barra estava limpa.

Eu não compreendia o tom exaltado de Dos Passos. O fato é que estávamos abrigados, havíamos comido pão fresco e salame idem. Era o que importava. Parecia farejar um crime hediondo cometido ali, em nossas barbas.

Estranhamente, o Grande Arquimandrita tomava a defesa de Otávio. E Dos Passos, na certa, tinha qualquer pensamento sinistro na cabeça. Eu o conhecia: alguma ideia suja começava a brotar em sua cabeça. Descobrira sem querer uma boca de fumo. O próximo passo seria encontrar quem lhe comprasse a informação.

Na manhã seguinte, Otávio veio nos visitar. Ele agora estava definitivamente do *outro lado*. A sua entrada na cela em tudo se assemelhava à visita dos guardas, lá na prisão. Dos Passos tentou bajulá-lo, o rapaz manteve-se seco:

— Quero ser claro. Arranjei isto aqui por uma noite apenas, vocês têm de se virar. Daqui a pouco vem o pessoal que vai levá-los para fora da cidade. Esqueçam disso aqui. E, sobretudo, me esqueçam.

O Grande Arquimandrita alegou que precisava ir à privada, estava com cólicas, o salame havia lhe feito mal. Otávio pareceu indeciso, sabia que as cólicas do Grande Arquimandrita eram terríveis.

— Está bem. Eu o acompanho.

Aquela cerimônia escandalizou Dos Passos:

— Estamos perdidos com estes putos! E ainda botam banca! Bem que não ia com a cara desse aí.

— Ele quebrou o nosso galho. Se não fosse ele, teríamos dormido na rua — eu me surpreendi defendendo Otávio.

— E de que adiantou? Hoje vamos dormir na rua, do mesmo jeito.

— Temos tempo, ainda, de arranjar alguma coisa.

— Temos uma ova! Se não me ocorrer uma ideia até o final da tarde, estaremos na pior, mais uma vez.

— Você tem alguma ideia sobre a ideia que pretende ter?

— Não sei. Só saindo daqui. Não consigo me concentrar nesta espelunca, com esta droga de cheiro me dando tonteira.

— Em matéria de cheiro, a merda do Grande Arquimandrita é pior.

Foi falar na merda e o próprio apareceu, a tempo de ouvir a referência. Entendeu que a merda era ele próprio e ameaçou ofender-se. Mal botava os pés fora da cela, e o espírito de união e camaradagem que devia compensar as nossas atribulações ia por água abaixo! Ele, um merda!

Dos Passos explicou que, em si, ele não era merda alguma, mas que a sua merda era terrível, letal.

Embora aborrecido, o Grande Arquimandrita parecia excitado:

— Aproveitei a ida lá dentro e vi coisas. Acho que o negócio é da pesada. Além da droga, eles têm armas. Vi fuzis, granadas, um arsenal.

Por pouco não surpreenderam o Grande Arquimandrita fazendo aquelas revelações. Dois jovens entraram na cela e mandaram que saíssemos. No corredor apareceram mais dois rapazes que nos colocaram vendas nos olhos. Era uma solenidade — ou um mistério — que não merecíamos. Sic Transit relutou um pouco, temia ser enrabado de olhos fechados. Os rapazes tiveram de dar-lhe alguns cascudos.

Depois de encapuzados (além da venda, colocaram um pequeno capuz escuro em cima de nossa cabeça) guiaram-nos até um carro, que não parecia ser o mesmo da véspera: o outro era uma camionete. Este parecia uma ambulância, com uma divisão que isolava a parte da frente da de trás.

O carro rodou, deu voltas e quando parou fomos empurrados para fora.

— Depressa! Depressa! Sumam daqui!

Ficamos amontoados, com a cabeça ainda tampada, até que a ambulância se afastasse. Só então percebemos que um dos rapazes permanecia ali. Deu-nos autorização para tirarmos o capuz e a venda. Quando consegui ver alguma coisa, o rapaz também estava indo embora, a pé. Sumiu numa curva.

Estávamos numa rua deserta, com um matagal em um dos lados e, do outro, algumas casas que pareciam abandonadas. Dos Passos levantou o nariz e nele se concentrou para ver se sentia algum cheiro. Aparentemente, nada sentiu. Procurou orientar-se:

— Estamos num subúrbio — disse ele. — Olha aquela serra lá atrás! Tem o feitio de uma águia de asas abertas, preparando-se para o voo. Deve ser Jacarepaguá.

Nenhum de nós o contestou. Podia ser Jacarepaguá ou qualquer outro lugar distante do centro da cidade — que era o nosso compulsório lar. Eu ia perguntar se alguém entendia o que estava nos acontecendo. O Grande Arquimandrita antecipou-se. Ele parecia entender tudo:

— Os nossos padecimentos chegaram ao fim. Estamos livres novamente, não vamos cair em outra e eu tenho uma pista.

— Pista de quê?

— Uma pista, ora essa. Logo que se der a oportunidade, tomarei as providências.

Ali, naquela rua de subúrbio, nada tínhamos a temer das providências que o Grande Arquimandrita ameaçava tomar. Mesmo assim, não gostei do tom de sua voz. Pela primeira vez, ele parecia estar determinado, com os pés no chão.

Sic Transit separou-se do grupo e foi andando. Gritamos por ele, de nada adiantou. O jeito foi irmos atrás. Qualquer direção que qualquer um de nós tomasse dava na mesma. Sic Transit tinha experiência mais antiga do que a nossa em matéria de caminhar sem rumo.

Meia hora depois, encontramos o leito da via férrea. Mais um pouco, distinguimos uma pequenina estação, que Dos Passos localizou como pertencente ao ramal de Mangaratiba.

— Vamos tomar o trem.

— Com que dinheiro?

— Dá-se um jeito.

Deu-se um jeito. Hora e meia depois, o trem chegou e Dos Passos meteu-se entre os vagões, abriu a porta do lado oposto ao da plataforma e chamou-nos. Conseguimos entrar sem problemas. Na hora de subir, cometi um descuido que poderia ter sido fatal: subi antes e pedi que Sic Transit segurasse o meu vidro. Tive dificuldade em levantar a perna direita até a altura do carro.

Quando lhe pedi o embrulho de volta, o papel já estava rasgado. Mais um pouco e ele teria apanhado o caralho, sairia correndo, para ele era mais importante comer qualquer coisa do que apanhar qualquer trem para qualquer lugar.

— Seu filho da puta!

Por mim, teria deixado Sic Transit ali. Mas Dos Passos estendeu-lhe a mão, ajudando-o a subir. Como sempre acontecia, esperei que o Grande Arquimandrita reprovasse o comportamento de

Sic Transit. Mal o reconhecia: estava diferente agora, não só sem a pompa mas sem vontade de fazer qualquer discurso.

A viagem não foi longa: em menos de uma hora desembarcávamos na Central. O relógio, lá em cima, marcava onze horas. Eu pensava que era mais tarde, novamente perdera a noção do tempo.

Em circunstâncias normais, o Grande Arquimandrita teria providenciado uma assembleia para tomarmos decisões, que se resumiriam em saber o que deveríamos fazer. Sua recente apatia tornava-o estranho para nós. Tão estranho que Dos Passos o incentivou. Do contrário, ele teria ido embora, como se nos abandonasse.

— Precisamos discutir a situação — o tema foi lançado.

Nem assim o Grande Arquimandrita se entusiasmou.

Tampouco havia o que discutir. Nenhum de nós tinha um centavo e todos já estávamos com fome. Principalmente Sic Transit, que aproveitou um momento de distração nossa e misturou-se com o pessoal dos subúrbios que descia dos trens. Ele pediu esmolas e arranjou uns trocados. Veio comendo um enorme pão doce, com um creme amarelado por cima.

A assembleia não decidiu muita coisa. Resolvemos nos separar, cada qual para o seu lado. Dos Passos iria em direção à Cinelândia, eu deveria seguir até o Estácio, em busca do botequim onde houvera a promessa de um emprego. O Grande Arquimandrita bateria a Gamboa e o Cais do Porto. Sic Transit ficaria por ali mesmo, na gare da Central, pedindo esmolas. O aspecto miserável e a idade infundiam certo respeito. No fundo, ele ficaria com a fatia mais promissora.

De minha parte, uma caminhada até o Estácio seria penosa. Eu era um mutilado. Mas havia a esperança de um emprego. Se eu implorasse novamente, talvez me aceitassem.

Marcamos hora para estarmos juntos outra vez: às nove da noite. Ali mesmo, na Central. Conforme o sucesso de nossas missões, talvez tivéssemos dinheiro para comer qualquer coisa. E poderíamos dormir em alguma espelunca, das muitas existentes nas imediações do túnel que vai dar na Gamboa.

A divisão de tarefas reabilitou Dos Passos a meus olhos. Na prisão, ele andara por baixo, sofrendo a concorrência do Grande Arquimandrita. Agora se impunha. Ele é que falava, que decidia. Por simetria, o Grande Arquimandrita agora é que baixava o facho, não parecia o mesmo.

Dos Passos tentou obrigar Sic Transit a dividir o pão doce entre todos. O velho não só recusou a ideia, como tomou uma providência acauteladora: cuspiu no pão todo, lambendo-o de todos os lados. Perdemos o interesse na divisão.

Eram 11h20 quando comecei a caminhada, rumo ao Estácio. Mais uma vez sentia-me fraco. O sol estava forte e praticamente não havia sombra em canto algum. Procurando cortar caminho, consegui chegar às duas e meia. O suor escorria pelo corpo, eu devia ter um aspecto lastimável.

Não me lembrava da cara do sujeito que me prometera emprego num daqueles bares. De resto, qualquer lugar servia. Encontrei um botequim quase na esquina com a rua Machado Coelho. Duas portas voltadas para a calçada, um balcão, uma prateleira com garrafas e, no fundo, três ou quatro mesinhas pequenas, com cadeiras. Aquilo era tão sórdido quanto a minha figura, e foi esse pensamento que me deu coragem.

Falei com o homem que parecia ser o dono do negócio — e que era o único atrás do balcão, naquele momento. Tratava-se de um português calvo, que estava comendo um sanduíche de carne de porco. Lá no fundo, em uma das mesinhas, dois operários tomavam média com pão.

Para minha surpresa, o português me aceitou. Olhou-me detidamente, avaliou a minha miséria. Perguntou se eu tinha prática no ramo.

— Não.

Mordeu um pedaço do sanduíche e eu pensei que me mandaria embora.

— Bem, não precisa de muita experiência. É só não cuspir nos pratos e nos copos, na frente dos fregueses. Escondido, pode.

Largou uma das mãos do sanduíche — eu não conseguia tirar os olhos daquele pão enorme, onde a carne de porco sobrava por todos os lados. Deu um peteleco numa das teclas da caixa registradora. A gaveta saltou e ele tirou uma nota de cinquenta cruzeiros.

— Toma. Vá tomar um banho, fazer a barba, cortar o cabelo, arrumar uma roupa qualquer, que seja mais limpa do que esta. Volte logo, daqui a pouco, lá pelas cinco horas, vamos começar a servir o jantar.

Tive vontade de pedir um pão, não me atreveria a insinuar um sanduíche de carne de porco. Um simples pão bastava, mas aquela nota quase nova, estalando, era uma fortuna em si mesma. Não me dava direito a pedir mais nada. Nem mesmo informações sobre o local onde pudesse comprar uma calça e um blusão.

Prometi voltar logo que arranjasse tudo. Pelas imediações havia algumas barbearias tão sórdidas quanto o botequim e eu próprio. Mandei raspar a cabeça a zero, não saberia prever quando teria dinheiro para cortar os cabelos outra vez.

Aproveitei uma torneira nos fundos da barbearia e me lavei como pude. Depois, num armarinho onde tudo estava empoeirado pelo trânsito daquele trecho, comprei uma calça de brim e um blusão, ambos escuros, para que a sujeira aparecesse menos. E em menos de hora e meia estava de volta.

O dono do botequim aprovou o meu visual, mas olhou com censura para os meus sapatos em frangalhos.

— Com o primeiro ordenado compro um par de sapatos — prometi, para mostrar que estava com bons propósitos.

Ele falou como patrão:

— Você não terá salário. Não posso empregá-lo legalmente, há impostos, os encargos, sai muito caro. Será apenas um ajudante, se algum fiscal passar por aqui nós diremos que você é parente de minha mulher, chegou do interior, os papéis estão com o despachante, em andamento. Entendido?

— Mas... não vou ganhar nada?

— Ganha. Ganha as gorjetas e a comida. Além dos cinquenta cruzeiros que já lhe dei. No fim de cada mês, posso lhe dar outra nota dessas.

— E onde vou dormir?

— Isso é com você. Aceita ou não?

A pergunta era dispensável. Ter aceitado sem condições o primeiro adiantamento era uma forma de submissão.

— E se eu dormisse aqui mesmo, no chão, depois que o negócio fechasse?

— Não.

Pensei um pouco, finalmente dei a minha palavra:

— Aceito.

O português interrompeu a conversa para atender um sujeito que desejava comprar cigarros e tomar café. No balcão, havia um pequeno espaço para servir cafezinhos e bebidas. Era território do próprio dono. A mim, ficaria a responsabilidade de servir as quatro mesas do fundo, onde operários das obras vizinhas e empregados do comércio local vinham comer um prato feito ao almoço e, às vezes, o mesmo prato ao jantar. Mais para dentro, havia a cozinha, onde uma mulata gorda e com cara de índia se integrava na paisagem de panelas, frigideiras, sujeira e fedor de banha ordinária.

— Posso guardar este embrulho na geladeira?

O português olhou para o meu vidro e perguntou o que era.

— Uma lembrança... coisa pessoal... Pode estragar se ficar por aí...

— Não vai empestear a geladeira?

— Não. De jeito nenhum.

— Então se arrume lá com a cozinheira.

Apresentei-me à mulata e ela não me deu importância. Parecia habituada a ter ajudantes eventuais e meteóricos — e me incluía entre os eventuais e meteóricos. Mostrei-lhe o embrulho. Com humildade, perguntei se havia lugar para ele na geladeira. Ela nem me olhou, mandou que eu tirasse o papel que o embrulhava.

— Mas...

— Na geladeira não entra nada embrulhado.

Sendo uma regra da casa, obedeci e rompi o papel que embrulhava o vidro. Pensei que a mulata ficasse curiosa, querendo saber o que estava dentro dele. Mas ela nem ligou para o embrulho, agora que o sabia desembrulhado.

Fui à geladeira, que era ampla, do tipo comercial, com várias divisões internas. Coloquei o vidro na prateleira de cima, logo abaixo do motor que roncava como um bicho constipado.

Mal guardei o vidro, a mulata entregou-me um prato onde uma sopa rala boiava precariamente, mal contida nas pequenas bordas:

— Vai segurando isso. O freguês está esperando.

Foi ao fogão, destampou uma panela e meteu a colher lá dentro. Depois jogou o conteúdo na sopa. Era arroz. Em outra panela apanhou algumas batatas cozidas. E com a mesma colher misturou tudo no caldo, que afinal pareceu mais grosso.

— Pode levar.

Só havia um freguês sentado a uma mesa dos fundos e foi lá que entreguei o prato.

— Cadê o sal?

Ele era exigente e devia saber por experiência antiga que a sopa estava com pouco sal. Localizei o saleiro em outra mesa.

— Pronto.

O camarada começou a tomar a sopa. Tirou do bolso um pedaço de linguiça frita. Picou-a no prato e pareceu, enfim, satisfeito.

Mais satisfeito fiquei eu, no fim do dia: consegui quase vinte cruzeiros de gorjeta, dava para o ônibus e para dormir em qualquer canto. Além do mais, jantei um prato extravagante que a mulata me serviu lá pelas sete horas — quando o botequim fechava: tinha todos os restos das panelas, desde a sopa até a carne assada que havia sido a peça de resistência do dia.

Quando percebi que o português abaixava as portas de ferro do botequim, tratei de dar o fora.

— Amanhã o serviço começa às cinco horas — informou-me.

— Tão cedo assim?

— Você tem de ajudar a cozinheira a fazer compras, a descascar batatas. Nunca falta serviço. E às seis horas já aparecem os primeiros fregueses.

No alvoroço de ter arranjado emprego, fui para a rua e tomei o primeiro ônibus que passasse na Central. E só então dei pelo esquecimento: deixara o meu vidro na geladeira. Era a primeira vez que dele me separava.

Não haveria de ser nada, o botequim estava fechado, só abriria na manhã seguinte, eu lá estaria para ajudar o patrão a abrir as portas, ninguém roubaria o único bem que possuía.

Fui o primeiro a chegar à Central. Custei a encontrar Sic Transit e por um momento pensei que a polícia o houvesse prendido por vagabundagem. Afinal, deparei-me com ele num dos cantos do armazém de cargas.

Estava encostado no ângulo formado por duas paredes e dormia em pé. Tinha prática bastante para isso. De seus bolsos, que estavam gordos, saíam pacotes de biscoito, a ponta de um pão destacava-se em seu peito. Dormia segurando os seus tesouros com as mãos. Era homem treinado para o pior, um profissional da fome.

Não adiantava despertá-lo. Ele não saberia informar nada e, mesmo que soubesse, não falaria. O máximo que conseguia era emitir alguns sons de sua boca desdentada, mole como uma glândula fora do lugar.

O jeito foi sentar-me a seu lado, com cuidado para não sujar a calça nova, comprada com o adiantamento que o português me dera. Pensando bem, eu até que me saíra melhor do que o esperado. Arranjara um emprego, tinha um futuro: chegar cedo ao botequim do Estácio para a faina diária. Cortara o cabelo, comprara calça e blusão, ainda tinha no bolso alguns trocados, dava para alugar uma vaga melhor do que a da Hospedaria Gonçalves.

Prometera esperar pelos outros, talvez estivessem mais fodidos do que eu, talvez nem tivessem comido naquele dia — e o meu dever era repartir o pouco com o nada.

Lá pelas nove horas apareceu Dos Passos. Vi-o de longe, procurando pela gente, e logo adivinhei que também fora bem-sucedido: estava com as mesmas roupas surradas mas com a esperança sempre renovada. Ao me ver de roupa nova, demonstrou alegria:

— Viva! Estamos feitos!

— Arranjou alguma coisa? — perguntei.

— Arranjei! Uma mina!

Mostrou-me uma nota de cem cruzeiros:

— Eis!

— Como foi?

— Você se lembra daquele pessoal do cinema? Aqueles que filmaram o seu caralho?

— Lembro. Eles pagaram com um cheque sem fundos.

— Pois aqui está o pagamento. E tem mais: o produtor deles estava falido, por isso fez aquela vigarice conosco. Mas o grupo é idealista, trocou de produtor e arranjou um financiamento da Secretaria de Cultura. Os rapazes estão continuando o filme e precisam do caralho outra vez. O roteirista acrescentou novas cenas em que ele deve aparecer. É o primeiro caralho da história que conseguiu lugar no mercado de trabalho. É ator do cinema nacional.

— Para quê? Ele não sabe fazer nada!

— Nem precisará fazer nada. A cena que filmaram no Aterro não valeu. Na hora de revelar aquela tomada, o pessoal descobriu que os filmes estavam com validade vencida, o laboratório não pôde fazer nada, jogou tudo fora. A cena teria de ser repetida. A turma estava à nossa procura esses meses todos. Botaram um veado de plantão na Cinelândia, na esperança de que nós aparecêssemos. Passei por lá, para ver se encontrava alguém da turma do coronel. A bicha me agarrou, levou-me a uma sala, ali naqueles becos perto do Serrador. Lá me pagaram a participação da vez anterior. Precisam agora do caralho para rodarem a cena de novo. E serão outros cem cruzeiros! É o próprio caralho de ouro!

Tudo aquilo podia ser fantástico mas era real. A nota era verdadeira e a alegria de Dos Passos veraz. Comentei:

— É. O negócio vale a pena. Apenas não poderei estar presente. Arranjei emprego e não quero faltar ao trabalho.

— Você não precisa ir. Basta que eu leve o caralho. Ele é que está empregado.

— Quando é a filmagem?

— Amanhã.

— Ao nascer do sol?

— Não. Não precisa mais ser ao nascer do sol. Aliás, o sol foi destituído, não é mais personagem da história. Seu caralho é do caralho: demitiu o sol. Eles marcaram a filmagem para as dez horas da manhã, no mesmo local, ali no Aterro, perto do mar.

— Ainda bem. Deixei o caralho na geladeira do botequim.

Dos Passos olhou-me com severidade, repreendendo-me por aquele desleixo. Ele sabia que eu prometera nunca me separar de Herodes. Tranquilizei-o. Chegaria cedo ao trabalho, precisava ajudar o patrão a abrir as portas. Nenhum perigo. Deixara-o na geladeira, ninguém mexeria nele.

Esperamos pelo Grande Arquimandrita. O relógio do saguão principal marcou onze horas e ele não apareceu. Eu precisava estar cedo no botequim. Dos Passos tinha seus compromissos e Sic Transit topava qualquer parada.

— Bem — combinou Dos Passos —, fizemos nossa obrigação. Esperamos por ele até agora. Amanhã, Sic Transit passará o dia todo aqui. Deixaremos um bilhete no bolso dele para que o Grande Arquimandrita possa nos localizar.

A solução parecia boa e melhor ainda foi a pensão onde dividimos, os três, um quarto quase nupcial: tinha uma cama de casal e um pequeno sofá. Tudo sujo e esfarrapado, mas para a nossa fadiga era um oásis, para a nossa miséria, um luxo.

Dos Passos enrabou Sic Transit, que estava muito exausto para protestar. Dormiram os dois na cama de casal. Eu fiquei no sofá.

Dormi um dos melhores sonos de minha vida.

XXV

O dia seguinte amanheceu feio. Caíra um temporal, tudo alagado. Quando percebi que chovera até mesmo em cima de mim — havia goteiras naquele quarto —, tomei aquilo como mau agouro. O alojamento que Dos Passos arranjara era confortável, mas precário, com telhas quebradas, a chuva pingou em cima do sofá durante a madrugada. Fiquei de péssimo humor e precavido contra as desgraças que me atacavam de todos os lados, da terra e do céu.

Saímos cedo. Sic Transit dirigiu-se para a Central, onde esmolaria e esperaria que o Grande Arquimandrita aparecesse. Seria o ponto de contato com o companheiro. Em seu bolso, deixamos um bilhete e o nosso endereço.

Dos Passos e eu rumamos para o Estácio, em busca de Herodes, que tinha um encontro marcado com a fama, via cinema nacional.

Apesar do temporal da véspera, o botequim já estava aberto. Temi que o patrão me repreendesse o atraso, mas Dos Passos prometeu que me defenderia, apresentando justificativas para aquele primeiro deslize trabalhista. Mesmo assim, não seria agradável ouvir uma esculhambação do dono da birosca.

— E agora? — perguntei a Dos Passos, confiando em suas luzes.

— Vai em frente. Diga que o trem atrasou por causa da chuva, num primeiro dia de trabalho sempre há imprevistos, você não se adaptou aos horários. Não será o primeiro empregado a chegar fora de hora após uma noite de temporal. O patrão não é aquele camarada ali, comendo naquela mesa?

Era. Havia fregueses tomando média com pão. O patrão estava sentado lá no fundo, comia com vontade. Devia ter fome matinal. A cozinheira andava de um lado para outro, servindo ao mesmo tempo o patrão e os fregueses.

Da cozinha, vinha o cheiro de ovos fritos. Cheiro de linguiça também — meu nariz habituara-se a perceber cheiros até inexistentes.

— Bem — ordenou Dos Passos —, vá lá dentro, dê bom-dia ao patrão, apresente uma desculpa pelo atraso, choveu muito, nossa rua ficou alagada, exagere um pouco. Apanhe o vidro. Preciso estar às nove horas no Aterro, o pessoal só começará a filmar após a chegada do principal ator, que será o seu caralho. Vá em frente!

Caminhei sem entusiasmo em direção ao patrão. Ele estava de camisa de meia, sem mangas, suado já para aquela hora da manhã. Comia uma fritada do tamanho do prato e bebia cerveja preta.

— Bom dia. O ônibus atrasou... o temporal... alagou tudo...

O patrão nem olhou para mim. Cortou um pedaço da fritada. Era uma senhora fritada, de um amarelo suntuoso, no qual boiavam pedaços redondos de uma linguiça grossa, cortada em rodelas vermelhas e finas. Bebeu um gole de cerveja e tapou a boca com uma enorme bucha de pão. Concentrado, mastigou aquilo tudo — era evidente que estava apreciando o que comia.

Olhou-me profissionalmente:

— Tomou o seu café?

— Não.

— Peça à cozinheira alguma coisa. Uma omelete, um sanduíche, é bom se alimentar, o trabalho é duro.

Como não dera bola para o meu atraso, não insisti nas desculpas. Fui direto à cozinha e abri a geladeira. Procurei pelo meu vidro e não o achei. Haviam colocado umas sardinhas naquela prateleira — que era a mais gelada —, inspecionei todos os compartimentos: nada. Ia interrogar a cozinheira mas não foi preciso: lá estava o vidro, em cima da pia, destampado.

Dei um pulo em sua direção: minha última esperança era de que o caralho ainda estivesse lá. Mas não havia vestígio de Herodes. A cozinheira continuava no balcão da frente, servindo café. Pensei em ir até lá, interrogá-la. Mas Dos Passos também se aproximara do balcão para tomar média com pão e manteiga.

Esperei que a cozinheira viesse à cozinha. Enquanto isso, procurei por Herodes até na lata do lixo. Que estava quase vazia: apenas as cascas dos ovos responsáveis pela fritada que o patrão continuava a comer, satisfeito, compenetrado.

Afinal, a cozinheira veio buscar mais leite na geladeira. Agarrei-a pelo braço:

— Onde está o meu negócio?

— Que negócio?

— Aqui dentro deste vidro havia um troço. Quem mandou mexer nele? Era meu.

— Ah! A linguiça? Ela estava quase estragada. Fiz a fritada do patrão com ela.

— Desgraçada!

— Desgraçada por quê? O patrão gosta de fritadas com linguiça. Não havia nenhuma à mão. O armazém só abre mais tarde. O jeito foi usar aquela. Estava quase podre. Fedia a álcool... precisei fervê-la em água quente e só depois fritá-la... Assim mesmo o patrão gostou.

— Filha da puta! Aquilo não era linguiça! Era o meu caralho! O meu caralho, compreendeu?

Ela me olhou assustada, tomando-me por louco. O patrão percebera a discussão mas não se dignara levantar da mesa e interromper a sua fritada.

Corri para ele.

— O senhor sabe o que está comendo?

Não se perturbou. Cortou mais um pedaço e eu pude ver uma fatia de Herodes boiando na pasta amarela da fritada. Havia azeitonas pretas e rodelas de cebola em volta.

Após ter metido outra bucha de pão na boca, olhou para mim — e eu percebi que ele não gostou da minha pergunta.

— Todos os dias como uma fritada. Tem alguma coisa contra?

— Sabe de que é esta fritada?

— De linguiça. Aliás, muito boa... um pouco forte... apimentada...

— Isto aí não é linguiça! É o meu pau, compreende, o meu pau!

O homem não arregalou os olhos, conforme eu esperava. Fez cara incrédula, cortou mais um pedaço e comeu. Concentrou-se no paladar, a fim de se certificar do gosto. Estalou os beiços e insistiu:

— De qualquer forma, uma excelente fritada. Quer provar um pedaço?

Dei um urro. Mas o patrão não se assustou nem com a minha revelação nem com o meu grito. Dos Passos sim, veio ver o que estava acontecendo.

— Este desgraçado está comendo o meu pau!

Dos Passos não acreditou, tive de mostrar-lhe o vidro vazio. E foi Dos Passos quem conseguiu convencer o patrão de que havia ocorrido um trágico equívoco. A fritada estava no fim, nem mesmo sabendo que aquilo tinha pedaços de caralho, o homem afastou o prato. Espetou com o garfo a última porção, muniu-se de um pedaço de pão e tudo sumiu em sua boca.

— Honestamente, gostei do seu pau.

Herodes estava consumado. Não adiantava obrigar o sujeito a vomitar os pedaços do meu cacete. Uma pequena distração, uma só noite que ele passara distante dos meus cuidados, fora-lhe fatal. Acabara-se. Havia um pacto segundo o qual a minha vida só valeria a pena enquanto eu pudesse viver agarrado a ele. Agora não mais seria possível. Minha vida perdera sentido — coisa, de resto, que nunca teve. O pensamento não me deu alegria, mas me acalmou.

Dos Passos sim, ficou nervoso. Tinha um compromisso, prometera levar o caralho para as filmagens e agora não havia caralho. Aos berros, acusou o patrão de nos ter arruinado.

O português era homem prático. Compreendeu a aflição do meu amigo, e mais do que compreendeu, apresentou a solução que o caso exigia:

— O vidro está lá dentro. É só meter uma linguiça do mesmo tamanho, encher de álcool, e pronto. Ninguém vai perceber.

— Não é honesto. Eu prometi um caralho de verdade.

— No cinema, nada é de verdade. Já vi filme em que um navio era engolido por uma lagartixa. Eles fazem uma porção de truques. Por que você não faz um truque? Ninguém vive se não tiver um truque.

Achei o pensamento bastante filosófico e prometi incorporá-lo ao meu estoque pessoal de verdades íntimas. Admiti que o problema de Dos Passos estava resolvido. Uma linguiça dentro do vidro de compota faria o mesmo efeito. Mas, e o meu problema? Não me sentiria confortável levando pela vida afora um pedaço de linguiça que nada tinha a ver com a minha história, muito menos com a minha memória.

Nem o patrão nem Dos Passos incomodavam-se com o meu caso. Foram os dois catar um armazém aberto e voltaram com uma lata de linguiça em conserva, rodeada de banha muito branca. Dos Passos escolheu a maior, lavou-a na pia, meteu-a no vidro, com água mesmo. A cozinheira aproveitou o resto da lata e fez-me uma fritada quase igual à do patrão. Por sugestão de Dos Passos, mais uma fritada acabou sendo feita, para ele mesmo.

Comemos com entusiasmo. Notei que o patrão olhava com desprezo para os nossos pratos. A fritada dele tinha sido melhor.

Embrulhei o vidro com o pedaço de um jornal do dia. Havia a manchete, que ficou embaralhada, mesmo assim dava para ler alguma coisa: SÓ FALTOU CHOVER CANIVETE.

Despachei Dos Passos, que estava contente, nunca o vira tão exultante. Tudo lhe corria bem: tinha um substituto do caralho, havia comido uma fritada — evento inesperado para aquele dia. Além do mais, olhara com cupidez para a mulata e dela usufruiria mais tarde, quando batesse suas punhetas.

Eu fiquei no botequim, atendendo os fregueses, mas preocupado com o patrão. Temia que, de uma hora para outra, ele resolvesse me despedir, fosse pelo atraso, fosse pelo caralho que comera. E se ele quisesse mais? Onde arranjaria caralhos por aí para saciar sua gula?

Ali pelo meio-dia, mandou-me à farmácia comprar bicarbonato de sódio.

— A fritada estava muito forte — explicou.

No fim do dia, eu havia ganhado quase quarenta cruzeiros de gorjetas. Conseguira almoçar e jantar. Havia anos que não me alimentava assim. Mas não me sentia feliz.

No fim do trabalho, fui para a Central e lá encontrei uma reunião que eu poderia considerar plenária. Com exceção de Otávio — ele não mais fazia parte de nossa miséria —, lá estávamos todos: Dos Passos, Sic Transit e o Grande Arquimandrita, que afinal resolvera aparecer. Dos Passos havia relatado a ocorrência da manhã, a fritada do patrão. Os olhos de Sic Transit brilharam, ele agora sabia que no vidro havia uma linguiça de verdade.

Nas filmagens, tudo correra bem. O pessoal não percebera a troca — o patrão tinha razão, tudo era truque na vida e no cinema —, repetiram a cena a que eu já assistira com o mesmo entusiasmo e a mesma finalidade.

Pagaram mais cem cruzeiros e marcaram outra filmagem para a semana seguinte, quando o vidro de compota seria entronizado numa urna de cristal que viajaria pelo mundo, serviria de amuleto para uma invasão de terras no Maranhão e, vitorioso como símbolo da justiça, seria reverenciado sucessivamente no alto da torre de Pisa, da basílica de São Pedro, em Roma, da torre Eiffel, do Santo Sepulcro, em Jerusalém, e do Kremlin, em Moscou. Lamentei que Herodes tivesse acabado antes de tamanhas glórias, sem conhecer novas terras.

A novidade ficou por conta do Grande Arquimandrita.

Quando ali cheguei, Dos Passos tentava convencê-lo a dormir conosco, mas havia problemas. Ele se recusava a continuar naquela vida de vagabundagem.

— Temos empregos — Dos Passos fazia um resumo da situação. — O meu amigo é garçom no Estácio, estive lá, é um bar honesto, frequentado por famílias, ganhará muitas gorjetas. Eu sou empresário de um ator que está fazendo sucesso no cinema nacional. Breve estourará no cinema mundial. O diretor garantiu que o filme vai participar do Festival de Berlim, depois irá para Veneza, Cannes. Sic Transit se vira por aqui mesmo e pelo menos não morre de fome nem come às nossas custas. É uma injustiça nos considerar vagabundos. Se for o caso, se você tiver dificuldade em arranjar algum troço, estamos até em condições de ajudá-lo. Temos pouco mas podemos repartir. O importante é não nos dispersarmos.

O Grande Arquimandrita não era o mesmo. De sua antiga pompa nada sobrava, de sua cara hierática só restavam duas bochechas balofas e brancas, mas com outro significado. Era agora apenas um velhaco.

— Eu não posso continuar nesta merda com vocês. Tenho melhores planos.

— Escrever cartas para o Macários IV?

— Não é Macários. É Máximos IV. E meu futuro não dependerá disso. Tenho um trunfo nas mãos e saberei aproveitá-lo. No momento, preciso de uma pequena ajuda de vocês. Por isso vim aqui.

— Que ajuda?

O Grande Arquimandrita falava devagar, medindo as palavras, sentindo que atravessava um terreno perigoso:

— Aquela casa que Otávio nos arranjou para passarmos a primeira noite... eu preciso saber onde é... não conheço bem aqueles lados da cidade e me perdi...

— Para que você quer saber? Pretende voltar lá?

— Não. Mas posso ganhar dinheiro e um bom emprego...

Fomos andando em direção ao nosso quarto enquanto ficávamos sabendo dos planos do Grande Arquimandrita. Ele queria simplesmente entregar Otávio e seus companheiros à polícia. O regime e o governo estavam interessados em eliminar tanto a subversão social como a perdição dos indivíduos. Havia prêmios para quem delatasse viciados e subversivos. O Grande Arquimandrita descobrira que tinha diante de si uma brilhante carreira de alcaguete.

O Dos Passos discutiu com ele mas não chegaram a um acordo. Politicamente, ele concordava com o Grande Arquimandrita: os subversivos eram inimigos que mereciam ser exterminados. Mas lutava contra a traição: Otávio fora nosso companheiro, não se tratava exatamente de um amigo, mas de um bom sujeito. E quando chegara a hora, prestara um favor, dando pousada a todos. Não, não podia traí-lo.

Não dei nem me pediram opinião. Chegamos ao nosso quarto e o Grande Arquimandrita desconfiou que nada poderia extrair da gente. Além da fidelidade ao companheiro de cela, também ignorávamos o local da casa que nos abrigara na primeira noite de liberdade.

Mal compreendeu a situação, despediu-se:

— Bem, vocês não querem me ajudar. Preferem ficar solidários com um cafajeste, em detrimento de um companheiro que durante meses esteve ao lado de vocês... Vou trabalhar por conta própria. Sei que acabo acertando. Quando estiver bem instalado na vida, não me venham pedir favores! Uma mão lava a outra e vocês não quiseram estender-me a mão.

Por falar em mão, senti súbita vontade de lavar as minhas, sujas do dia, da gordura de muitos pratos e da poeira de muitos caminhos. Nada de mais que eu as lavasse. Na impossibilidade de dormir com a consciência limpa, ao menos as mãos deviam estar limpas.

Nem me despedi do Grande Arquimandrita.

XXVI

Nossa vida jamais entraria na rotina. Quando tudo serenara, eu no meu emprego do Estácio, com comida garantida e os trocados que vinham das gorjetas, Dos Passos enturmado com o pessoal do cinema, fazendo outros biscates por aí, Sic Transit esmolando e roubando com relativo sucesso na Central do Brasil — tivemos um aborrecimento que nos deprimiu.

Uma noite, ao me recolher ao quarto, encontrei Dos Passos indignado: exibia um jornal, e um rosto conhecido estava lá, na primeira página. A polícia farejara um antro de subversivos e prendera muita gente. Um dos rapazes reagira e fora morto. A cara era a de Otávio.

— Taí! Aquele arquimandrita de merda fez isso! Foi ele que deu o serviço à polícia. Não sou mais amigo dele. Não o quero mais para nada. Cuspirei em suas bochechas.

Estranhei a dor de Dos Passos. Afinal, ele se dizia fascista, odiava os subversivos. Pedi o jornal e passei os olhos pelo noticiário. A polícia pegara a turma de surpresa. Eles possuíam um arsenal de pistolas, pequenas metralhadoras, munição farta. E muita droga também, que vendiam para obter recursos e, eventualmente, para obter coragem quando precisavam entrar em ação. Otávio resistira — segundo o jornal. Ou fora morto de propósito. Devia se sentir culpado pela batida policial. Ele violara uma das leis da clandestinidade ao nos abrigar na primeira noite de nossa libertação.

Não compreendíamos como o Grande Arquimandrita conseguira localizar o bairro, a rua e a casa. Mas a traição tem caminhos e todo mundo ajuda todo mundo na hora de trair alguém.

Dos Passos queria tomar represálias contra o Grande Arquimandrita. Cuspir em suas bochechas de nada adiantaria. Uma surra talvez. Eu dei de ombros. A traição estava consumada, se dependesse de mim fazer qualquer coisa para salvar a pele de Otávio, é claro que faria. O Grande Arquimandrita era apenas um pobre-diabo que não merecia nem um soco na cara.

Dos Passos leu e releu o noticiário, recortou a foto de Otávio. Botou-a na parede, a que lhe pareceu mais nobre, embora todas fossem iguais e nenhuma fosse nobre.

Eu estava cansado para sentir qualquer emoção. Dos Passos nem bateu suas punhetas. Passei parte da noite ruminando uma porção de coisas. Pouco me incomodava que Otávio tivesse se fodido. Eu também me fodera e fodido estava, para todo o sempre. A sacanagem do Grande Arquimandrita também pouco me inquietava. Eu não o admirava e adivinhava que dele se poderiam esperar as piores coisas, tal como daquele frade espanhol da novela de Dos Passos. Minha vida resumia-se nos poucos milímetros quadrados da minha pele — mutilada pele, da qual um pedaço importante já fora arrancado, primeiramente do meu próprio corpo, depois de minha posse.

Sim, gostava de Dos Passos, mas percebia que também ele não era mais o mesmo. Suas ideias minguavam. E se rendiam pouca coisa, sempre me distraíam. Aos poucos, nos conformávamos com uma vida menos miserável mas lastimável, porque nos dava perspectiva para julgá-la. Cada vez que lavava as mãos pensava nisso. E me absolvia.

Não era caso para cair em prantos. Tampouco para me encher de júbilo. Passara uns dias pensando em voltar às gráficas, à procura de um lugar de revisor de provas, conhecia muita gente nas oficinas dos jornais, até mesmo em algumas redações. O nojo e o cansaço eram maiores do que a minha dignidade. Preferi ficar no botequim.

Estava curtindo a minha insônia, quando Dos Passos pulou sobressaltado da cama. Acendeu a luz e ficou satisfeito por me encontrar acordado.

— Tive um pesadelo besta! Não posso desperdiçar a ideia.

Procurou papel e caneta, começou a escrever. Quando acabou, foi para cima de Sic Transit, que dormia escancaradamente, e o enrabou com inaudita violência.

— Este conto me excitou pra burro! É uma obra-prima. Quer que eu leia?

Eu já estava mais ou menos habituado, mas achei um despropósito. Afinal, Dos Passos se indignara com a traição do Grande Arquimandrita. Colocara a foto de Otávio na parede, parecia que alguma coisa se mexia dentro dele, fazendo-o um novo homem.

Bastara um pouco de sono, um sonho besta e ele voltava a ser o Dos Passos de sempre.

— Quer ouvir?

Eu ficara apalermado com o reencontro do antigo Dos Passos e não respondi. Mais uma vez ele tomou o meu silêncio por aprovação e declamou com a solenidade habitual:

DA UNHA E DO LUGAR ONDE A PUNHA
Conto de Joaquim dos Passos

Virou-se para mim:
— Que tal? Gostou do título?

Não dei opinião e mesmo que a tivesse dado, Dos Passos não a levaria em conta.

— Neste conto botei o sonho que acabei de ter. Botei muita coisa de minha vida, da sua vida, da vida de todos nós... sabe o que é metáfora?

— Você já me perguntou isso, faz tempo...

Dos Passos meditou um pouco:

— Você acha que devo dedicar este conto a Otávio?

— Se isso consola você, tudo bem. Para ele tanto faz.

— Está decidido. Será uma homenagem a ele.

Pegou a caneta e acrescentou alguma coisa ao texto. Deu uma olhada na foto de Otávio e ficou andando de um lado para outro, parecia um padre rezando em voz alta o breviário:

DA UNHA E DO LUGAR ONDE A PUNHA
Conto de Joaquim dos Passos
In memoriam *de Otávio*

Não posso me queixar da natureza. Pelo menos, dela não tinha queixas até a altura do meu trigésimo ano de vida. Era um homem bem-dotado, com todos os seus atributos em dia, principalmente aquele que todos compreendem quando se diz, simplesmente, o atributo. Tinha eu um belo, belíssimo caralho, de oito centímetros de diâmetro em sua parte mais grossa e trinta de comprimento, em ereção. A qual, ereção, era permanente. Não precisava imaginar uma mulher, ou ter uma mulher à minha frente. Bastava arriar as calças ou abrir a braguilha, e logo ele tomava a sua dimensão exata: crescia e esperava pelos acontecimentos.

Tudo me corria bem. Tinha dinheiro, mulheres, saúde e vontade de aproveitar a vida. A coisa veio de repente: ia descontar um cheque — eu vivia de contentar mulheres e elas me pagavam em cheques — quando senti uma fisgada no pau. Não me preocupei, apesar da dor, logo passou e esqueci dela.

À noite daquele mesmo dia, quando me preparava para contentar outra mulher, senti outra fisgada, breve também, e sem importância. Mais tarde, quando ia dormir, senti novamente a fisgada. Como estava deitado, julguei que fosse mau jeito e mudei a posição do pau, colocando-o confortavelmente em cima do saco. Pensei que, com isso, ele — e a sua dor — se aquietasse.

Nova fisgada, súbita e lancinante, botou-me de pé. Fui ao banheiro e espiei o pau. Olhei-o de todas as direções e de todos os ângulos. Nada encontrei de anormal. A cabeça estava congestionada, era natural, eu lhe dera trabalho nas últimas horas.

Aproveitei estar no banheiro e forcei uma urinada. As doenças venéreas se anunciam pela ardência uretral. Urinei sem dor, o que me tranquilizou. Uma gonorreia, naquela altura da vida, seria escrachante.

Acordei no meio do sono com nova fisgada, esta bem forte e localizada. As primeiras haviam sido imprecisas, no pau inteiro, quase no corpo inteiro, incluindo saco, pentelhos, pâncreas e cerebelo. Agora a dor fora limitada a um ponto acima da cabeça, ou melhor, no início justo da cabeça do caralho.

Acendi a luz e mais uma vez examinei o pau. Tive uma baita surpresa: ele estava duro, duríssimo, duro como poucas vezes o vi e senti. Isso facilitou consciencioso exame. Por mais que virasse e revirasse o pau, nada encontrei de anormal. Apaguei a luz e voltei a dormir.

No dia seguinte, senti que o mundo estava diferente. As paredes não pareciam as mesmas, nem o ar, nem a manhã. Nem eu mesmo. Olhei-me ao espelho e vi uma cara estranha na minha frente, que nada tinha em comum com o homem de trinta anos que fora dormir na véspera, preocupado apenas com o próprio pau. Não sentia dor alguma e, quando foi urinar, nem me lembrei das fisgadas.

Mas até mesmo a urina parecia diferente, e não apenas a urina, mas os banheiros, as ruas e os caminhos, as igrejas e os morros, o universo inteiro.

Sou suficientemente sábio para me contentar com as coisas concretas. Folguei que assim o fosse. Preferia a mudança de ânimo a qualquer dor física. Entre a fisgada no pau e o fato de me transformar num chinês, preferia virar chinês, desde que não doesse.

E foi assim naquele dia: tudo era diferente e indiferente. As pessoas falavam de muito longe, eu mal as ouvia, creio que elas também não me ouviam. Transformara-me no fantasma de mim mesmo. Uma seringa monstruosa me sugara por dentro, retirara meus humores e líquidos, sobrara o bagaço. Ainda bem. Mas este bagaço tinha compromissos. E um deles era o encontro com uma mulher que praticamente me sustentava as manias e a vida. Ela me recebeu pensando que eu estivesse doente.

— Tem certeza?
— Tenho.

Fomos para a cama e, para surpresa minha, tão logo tirei as calças, o pau parecia um obelisco onde se podiam inscrever hieróglifos. A mulher, que nunca o vira assim, agarrou-se nele.

Logo soltou um grito.

— Que foi?
— Não! Não pode ser!
— Não pode ser o quê?
— Veja! Veja o que está nascendo aqui!

Olhei para o pau no ponto que ela indicava. Foi então que percebi a razão das minhas fisgadas e do grito da mulher: na parte superior da glande, bem em cima, estava nascendo uma unha.

Não havia dúvida. Era uma unha, em forma de meia-lua, pequenina ainda, mas unha o bastante para ser unha. Demoramos na contemplação daquele fenômeno, o que não nos impediu — antes, nos incentivou — uma suculenta trepada. A pequenina unha não doía, mas deixava uma parte da glande insensível. Quanto à mulher, fartou-se.

Daquele momento em diante fiquei sabendo que era um homem marcado. Tinha uma unha no caralho e isso me destacava dos demais, me isolava das coisas e dos homens. Até certo ponto, era um eleito.

Mas precisava tomar providências.

E a primeira delas foi procurar uma manicure. Não, não era afobação minha: a unha crescera tanto, e em tão pouco tempo, que, quando eu acabara de trepar com a mulher, ela já estava com o tamanho de uma unha do polegar. A glande transformara-se num polegar inchado que tinha direito à sua competente unha. E foi com este pensamento que entrei na barbearia.

Há muito me afastara delas — as barbearias —, pois deixara crescer ao mesmo tempo a barba, o cabelo e o bigode, não para ficar na moda, mas por preguiça e sabedoria, pois descobri que se não deixasse crescer a barba, o cabelo e o bigode, eles cresceriam sozinhos.

A chegada à barbearia foi saudada com efusão, todos pensaram que se tratava da volta de um filho pródigo. Fui breve e conciso:

— Quero uma manicure.

O dono chamou Sandra, morena bunduda, de peitos enormes, atração suplementar nos serviços da casa. Vivia com um italiano e topava trepar com os fregueses desde que os mesmos cooperassem na compra de uma casa em Vila Isabel.

— Sandra, trata bem aqui do freguês.

Em idos tempos, eu também cobiçaria aquela bunda fornida, mas a mania passara: não me alegrava a ideia de que ia ajudar um italiano a morar em Vila Isabel. Que ele fosse morar na casa do caralho. Por falar em caralho: assustei a manicure quando abri a braguilha, tirei o pau pra fora e ordenei:

— Faça a unha!

Não houve desmaios. O dono veio ver, outros barbeiros e eventuais fregueses também se acercaram, examinaram com isenção. De início, Sandra teve receio de pegar naquilo, mas a unha era tão unha, tão óbvia, tão sem mistérios, que ela agarrou o pau e colocou-o numa pequena bacia com água morna. Aí quem deu vexame fui eu: não suportei aquela mão macia e profissional — e esporrei dentro da bacia. Fato que me valeu reprovação do dono da barbearia:

— Exijo respeito! O meu salão é sério! Não posso tolerar que o senhor avacalhe com ele! Isto aqui não é um bordel!

Dei-lhe razão e prometi que me esforçaria para não repetir o vexame. Sandra só conseguiu aparar metade da unha, pois repetidas vezes gozei em suas mãos.

— Deve ser a água morna — tentei desculpar-me.

Sandra afinal se habituou com as minhas esporradas e paguei-lhe bem por causa disso. Prometi voltar no dia seguinte, a unha cresceria nas próximas horas o suficiente para justificar aquele banho gostoso, a aguinha morna, as mãos macias.

Quando ia deixar o salão, soube que o meu caso causara estupefação na barbearia e na cidade. Alguns jornais foram avisados pelo telefone e já havia dois ou três fotógrafos pedindo-me exclusividade. Mandei-os à merda e avisei em altos brados que o meu caralho não iria servir para vender jornal de ninguém.

Logo me habituei à nova ordem das coisas. As mulheres também se habituaram. Os piores problemas foram com a medicina. Quiseram me submeter a um simpósio, a exames radiológicos e testes psicológicos. Obstinei-me na recusa até que apareceu uma mulher que não era médica mas escultora. Fez uma proposta decente: dava-me um dinheirão se deixasse que ela modelasse o meu pau e sua respectiva unha. Meteu o meu caralho numa emulsão de gesso e dele retirou um molde. Mais tarde, fundiu-o e obteve dez cópias. Vendeu-as a preços altíssimos e ainda me presenteou com uma delas.

Por conta própria, aprendi coisas interessantes a respeito do pau e de seu funcionamento. Fiquei sabendo, por exemplo, que a unha nascera no sulco balanoprepucial e que o fato, embora raríssimo na medicina ocidental, não era inédito. Os fenícios haviam encontrado uma tribo de primatas descomunais que tinham unhas na glande. Os sumérios adoravam um cabrito que tinha uma unha no pau, tal como eu.

A sapiência desses fatos não me consolava, embora me desse importância. Aos poucos, a importância diminuiu e transformou-se em ignomínia. Cheguei a perder o crédito bancário, minhas finanças se arruinaram. Daí que me dediquei mais e mais, com exclusividade e em nível profissional, a contentar mulheres insaciáveis, na maioria velhas e buchudas, trapos humanos que ardiam ainda, pedindo carne. Saíam arranhadas pelo pau, muitas voltavam e todas me mandavam as suas amigas e conhecidas — eu ia vivendo.

Um dia deu um panarício na minha unha. A camada de pus nasceu debaixo dela, doía tremendamente. Aguentei o que pude e, quando mais não pude, procurei Sandra. Ela não conseguiu mitigar os meus sofrimentos, nada entendia de panarícios. Limitou-se a meter o meu caralho na água morna, depois aplicou-lhe uma pomada que de nada me serviu.

Foi então que pensei em cortar o pau e assim livrar-me dos meus infortúnios. Ele latejava permanentemente e eu uivava de dor todas as vezes que ia trepar com alguma mulher: pois precisava das mulheres para sobreviver. Uma delas me recomendou uma pomada de penicilina, misturada à bosta de boi colhida numa sexta-feira, à meia-noite. O panarício foi mixando, mixando, até que desapareceu.

E deixou em seu lugar uma estrela.

XXVII

Dos Passos nem precisou me olhar para saber que eu não tinha qualquer opinião sobre sua nova obra. Se o Grande Arquimandrita estivesse presente, haveria polêmica. Nem eu nem Sic Transit tínhamos vontade de discutir. Mal acabou a leitura, Dos Passos meteu o conto em uma pasta que havia comprado, e que já estava cheia de outros papéis, coisas que ele continuava fazendo e nem sempre lia para mim.

Logo amanheceu e nos separamos, cada qual seguindo seu destino. No botequim do Estácio eu começava a me sentir em casa. A cozinheira não era má pessoa, adivinhava que eu tinha velhas fomes e procurava ser generosa nos pratos que me fazia. Perdoei-lhe a perfídia com Herodes, creio que ela jamais conseguiu entender a razão da minha ira.

Quanto ao patrão, se falava pouco, depois de ter comido aquela fritada passou a falar menos. Volta e meia, eu o surpreendia olhando para mim com um interesse que parecia apetite. Olhava sobretudo para meus braços e mãos. O desgraçado comera o meu pau e gostara. Queria mais. No dia em que cortei o dedo num gargalo de água mineral, ele veio correndo, deixa eu ver, deixa eu ver, e quis lamber o meu sangue.

Uma noite, quando saltei na Central, para apanhar Sic Transit e irmos juntos para o quarto, encontrei muita gente pela praça da República. Houvera corte de energia elétrica, os trens foram paralisados. A multidão me dificultava achar o companheiro. Lá dentro, onde sempre o encontrava encostado nas paredes, tinha havido um corre-corre, as lojas estavam fechadas, temendo os saques que sempre ocorrem quando dão sopa.

Ia andando numa direção qualquer, quando esbarrei num velho mendigo que me parecia conhecido. Era ele.

Nada precisei perguntar para saber que o dia não tinha sido bom. Notei em seus olhos aquele brilho estranho que lá na prisão tanto me assustara: fome. Devido à bagunça generalizada que ia pela Central, com as lojas fechadas e excesso de policiamento, ele não pudera roubar nada. Havia muito povo, gente assustada e irritada, o que podia até facilitar o seu trabalho. Mas ele nunca roubava carteiras, joias ou dinheiro em espécie. Roubava comida, pão, maçãs, bananas — o que pudesse, mas sempre comida.

Segurei-o pelo braço quando tentou fugir:

— Vamos para casa. Isto aqui está perigoso, daqui a pouco sai uma bordoada geral e levam você preso outra vez. Estou com dinheiro, compro comida para você.

Minha argumentação sossegou-o e ele me seguiu.

Custamos a vencer a multidão, cada vez mais inquieta. De tempos em tempos, surgia um choque da polícia e baixava o pau em todo mundo, havia correrias, gritos, depois tudo serenava. Numa dessas correrias, deram um trompaço violento em Sic Transit e, por causa disso, procurei ampará-lo, segurando-o pelo braço.

Conseguimos sair da praça da República e, como o túnel para a Gamboa estava interditado pela polícia, tínhamos de fazer uma grande volta pela rua Larga, onde havia menos povo e algumas padarias e botequins mantinham as portas abertas.

Foi uma distração minha. Achando que não havia perigo, afrouxei a vigilância sobre Sic Transit. De repente, ele deu um repelão e libertou-se. Correu em direção a uma confeitaria, onde havia, junto à porta, um balcão com queijos de minas empilhados, frescos, suados, repousados em folhas de bananeira. Adivinhei o que Sic Transit ia fazer. Se eu gritasse, ia prejudicá-lo, pois chamaria a atenção dos empregados. Fiquei calado e vi quando conseguiu se aproximar da pilha de queijos. Meteu a mão, rápida mão, velha mão treinada pela fome. Apanhou um queijo, abraçou-se a ele e começou a correr.

Um grito saiu de dentro da confeitaria:

— Pega ladrão!

Dois ou três empregados correram atrás de Sic Transit, e logo alguns voluntários se incorporaram, gente que não tinha nada a ver com o queijo, miseráveis pouco diferentes de Sic Transit, que se sentiram na obrigação de defender a propriedade, o queijo e a ordem.

As coisas estavam pretas para ele: velho, desnutrido, dificilmente escaparia da perseguição. Mesmo assim, em suas pernas havia cólera e força, conseguiu vantagem sobre seus perseguidores. A gritaria continuava pela rua, pega ladrão, pega ladrão, todos percebiam que o ladrão só podia ser aquele velho que corria abraçado a um queijo de minas. Procuravam dificultar-lhe a corrida. Alguns decidiram ir atrás dele. Sic Transit estava perdido.

Na altura da avenida Passos, ele resolveu atravessar a rua. Se ganhasse o outro lado talvez se salvasse. Confiado em suas pernas, nem olhou o trânsito. Cortou a avenida num ângulo surpreendente e suicida, em direção aos carros e ônibus que ali naquele trecho já conseguiam andar com certa velocidade.

Ouvi a freada, um grito de mulher cortou os ruídos todos e, quando vi que alguém corria em direção à avenida Passos, ainda tive esperança: talvez fosse Sic Transit.

Não era. O motorista do ônibus é que corria, ele agora escorraçado e culpado, fugindo de si mesmo parece, pois ninguém se dera ao trabalho de persegui-lo.

Aproximei-me. O motor do ônibus continuava ligado, havia calor e fumaça em torno. O aglomerado estava formado, precisei empurrar e ser empurrado para chegar mais perto. Sic Transit estava de borco, a boca aberta, mordendo o asfalto. A língua viera para fora e parecia mexer ainda, lambendo o chão manchado de sangue. O queijo estava amassado, espremido contra o peito, uma pasta branca, fresca, dela escorria um pouco de soro. Vi a sua cara, os olhos parados, opacos, sem aquele brilho que revelava as suas fomes. Olhos enfim saciados, e findos.

Os empregados da confeitaria chegaram e deram explicações, mesmo sem serem pedidas. Era um ladrão, o queijo, remessa do dia, fresquinho, vindo de Santos Dumont. Pouco a pouco se calavam, porque ninguém estava interessado no queijo do ladrão, o morto não tinha história, era apenas um morto. Surgiu uma vela, que veio do meio da multidão. E logo outra, mais outra. Um guarda se aproximou, nem olhou para o morto. Limitou-se a desviar o trânsito, que continuava difícil naquele trecho.

Só depois de uma eternidade chegou o carro da polícia. Tomaram nota da placa do ônibus, perguntaram se alguém conhecia o morto. Eu fiquei calado, não iria me meter em complicações. Nada tinha a ver com os mortos.

Reviraram o corpo à procura de documentos. Sic Transit não tinha documento algum, a não ser o queijo amassado que se derretia ao peso de seu corpo. Nem nome tinha — e de nada me adiantava informar que era meu amigo. E seria impossível explicar por que o chamava de Sic Transit.

Não conseguia afastar-me dali. Mudaram os curiosos, foram às suas vidas, os ônibus passavam na pista ao lado, os passageiros se levantavam para ver o morto, as velas. Eu ficava, e fiquei até que veio o rabecão. Vi a brutalidade com que os homens jogaram o corpo na comprida bacia de aço inoxidável. Parte do queijo seguiu com ele, nem com o baque da morte Sic Transit largara a sua carga que era também o seu prêmio. O resto ficou na calçada, nem parecia queijo, mas coalhada, suja de sangue.

Quando o rabecão partiu, um retardatário quis saber o que se passara. Alguém apontou para o resto do queijo ensanguentado:

— Pegaram o velho. Arrebentaram-lhe os miolos.

XXVIII

Fui para o quarto, abanando as mãos e, surpreendentemente, sentindo-me mais livre. Encontrei Dos Passos preocupado com a nossa demora. Recebeu a notícia com dor. E reprovou-me a apatia:

— Você devia ter feito alguma coisa.

— Fazer o quê? Ele morreu na hora!

— Deixar o corpo assim, sozinho... lá no necrotério vão arrebentá-lo todo. Precisamos fazer qualquer coisa.

Eu concordava com Dos Passos mas continuava sem saber o que deveria ser feito. Por fim, ele decidiu ir ao necrotério. Não tínhamos dinheiro para providenciar um enterro decente, mas pelo menos ficaríamos com o companheiro até o último instante.

— Os indigentes são jogados numa vala comum. Ou vendidos às faculdades de medicina, para os estudantes se distraírem.

No caminho, Dos Passos informou-me que a segunda hipótese era improvável, sendo muito velho, Sic Transit não merecia estudo, mas a vala comum dos cemitérios de subúrbio.

— E o que vamos fazer para impedir isto?

— Não precisamos fazer nada, nem impedir o curso natural da vida ou da morte. Vamos ficar ao lado do nosso amigo.

Renderemos a nossa última homenagem. Comprarei flores e jogarei na vala, junto ao seu corpo.

A intenção era boa mas inviável. No necrotério, foi um trabalhão convencer o vigia a nos deixar entrar. Tivemos de mentir, alegando que éramos parentes de um velho recolhido pouco antes. Como havia interesse do Estado em saber o nome do morto, para dar baixa no registro civil, admitiram-nos na sala onde ficavam os corpos espalhados como fardos em cima das mesas e no chão. Um guarda nos acompanhou.

— É este aqui?

Olhamos um sujeito que havia recebido um tiro no fígado. Estava com a cara afogueada dos saxofonistas quando sustentam uma nota aguda, parecia cheio de ar, que ia explodir.

— Não. Não é este. É um velhinho, bem velhinho.

Sic Transit não estava nem em cima das mesas nem pelo chão.

— Era muito velho? Então deve estar na geladeira, os velhos apodrecem depressa.

Abriu umas gavetas que havia ao longo das paredes. De cada uma delas surgia um cadáver — geralmente homem — e, como havia muitas gavetas, Dos Passos tomou a liberdade de ajudá-lo. Numa das fileiras ia ele, na outra íamos o guarda e eu. E fui eu que reconheci Sic Transit, numa das últimas gavetas, quase junto ao chão. Estava curiosamente remoçado. Os restos do queijo endureceram em suas mãos.

— É este aqui.

— Sabe o seu nome?

— Sic Transit.

— Como?

Dos Passos deu uma gargalhada, lá no fundo.

— Que foi? — o guarda começava a ficar assustado com a gente.

— Veja aqui! Olha o que eu encontrei!

Dos Passos meteu a mão na gaveta e puxou um troço lá de dentro. Fui ver o que era.

— Conhece isso?

Era um caralho. O sujeito fora apanhado em flagrante de adultério pelo marido prejudicado. Além de matá-lo, o cônjuge traído resolveu capá-lo, cortando-lhe a piroca. A polícia recolheu o cadáver com o natural corolário.

O guarda pediu que parássemos de brincar. Os mortos mereciam respeito. Ali estávamos para identificar um cadáver, ajudar a lei e o Estado, não para nos divertir à custa de caralhos alheios.

— Afinal, vocês sabem ou não o nome daquele atropelado?

Dos Passos era mais rápido do que eu e adivinhou que um simples apelido não bastaria. Inventou um nome:

— Irineu Magalhães.

Não sei por quê, julguei que *Irineu* fazia sentido, combinava com Sic Transit. Se algum dia ele teve um nome, deveria ter sido Irineu. Quanto ao *Magalhães*, achei forçado. Talvez um Irineu de Souza, ou Irineu Faria — mas Sic Transit nada faria: era agora um cidadão respeitável, com um nome e um destino.

— Irineu Magalhães — o guarda tomou nota numa papeleta.

— Natural de onde? Profissão? Idade?

Dos Passos criou, na hora, um ser fantástico e provável: Sic Transit ficou sendo pernambucano, foguista aposentado da Central do Brasil, nascido em 28 de fevereiro de 1908.

— Peixes — comentou o guarda.

— O quê?

— Peixes. Era Peixes. Nasceu num signo difícil. Lixo do astral. Não podia terminar bem. Minha mulher é Peixes. Eu sou Gêmeos.

O homem entendia de horóscopo, perguntou de que signo éramos. Dos Passos ficou amigo do guarda, tanto que lhe pediu um favor: queria levar o caralho. O guarda custou a consentir, mas acabou cedendo. Afinal, um caralho ali não fazia falta a ninguém. Além do mais, Dos Passos explicou a nossa história, obrigou-me a arriar as calças e mostrar o meu tubinho de matéria plástica.

— Para que vocês querem um caralho?

— É uma promessa. Precisa ter um caralho com ele, para se sentir completo, íntegro.

Contou a história da linguiça, eu era obrigado a andar com uma linguiça dentro de um vidro de compota. Pintou-me como um débil mental e o guarda, mais assustado que convencido, acabou cedendo o caralho que até então fora também anônimo.

Foi Dos Passos que pensou no problema do nome. Ele próprio deu solução:

— Não seja por isso. Ele já tem nome: Herodes II.

O guarda aprovou o nome, embora estranhasse a numeração. Dos Passos falou nos reis e papas que também tinham numeração, para evitar confusões. Quando soube que já houvera um Herodes I, compreendeu tudo, mas continuou estranhando.

Quanto a Sic Transit, o seu destino era mesmo a vala comum: não tinha ninguém que reclamasse o seu corpo. Foi então que Dos Passos convenceu o guarda a mudar Sic Transit de categoria. Contou uma história embrulhadíssima, o velho tinha um desvio nos intestinos, raridade fisiológica, podia interessar aos estudantes de medicina. O guarda chamou o seu chefe e barganharam o corpo por cinquenta cruzeiros, pagos na hora. O cadáver seria vendido por cem à Faculdade de Medicina.

Fomos jantar às custas do cansado e ainda não sossegado corpo de Sic Transit. Dos Passos providenciou um alojamento condigno para o novo caralho, um vidro de marrom-glacê que parecia de cristal. Por alguns instantes, tive a sensação de que Herodes realmente estava substituído. Podia jogar fora a linguiça. As coisas entravam nos seus devidos eixos. E até mesmo Dos Passos, que passara por fase má, parecia ter encontrado a antiga veia, o estro.

À noite, enquanto esperávamos o sono, ele esboçou novos planos que nos trariam, se não a glória, pelo menos o pouco de dinheiro para continuarmos a ter o direito de fazer novos planos para um amanhã. Um amanhã simples, modesto, que fosse apenas um amanhã.

No dia seguinte, quando tentei levar Herodes II comigo, Dos Passos não consentiu. Não, no botequim era perigoso, o dono havia provado e gostado, não se devia brincar com essas coisas, a ciência comprovava que para qualquer homem tornar-se canibal bastava a primeira dentada. As outras vinham naturalmente.

Desagradou-me a sugestão dele. Não fazia sentido guardar um caralho de verdade e alheio em uma compota de vidro, como decoração doméstica. Admitia a temeridade de tentar a gula do patrão com um novo caralho. Ele poderia exigir outro, mais outro, e eu seria obrigado a sair por aí, catando caralhos para saciar a sua gula.

Havia uma surpresa em meu caminho: mal cheguei ao botequim, encontrei outro garçom no meu lugar. Era um sujeito que não tinha dois dedos na mão esquerda e logo imaginei que o meu substituto dera um jeito de subornar o patrão. A um dedo por mês ou por semana, ele poderia ficar no emprego por muito tempo, pois ainda lhe sobravam oito dedos das mãos, e tinha os dez dedos dos pés, além do caralho e das orelhas.

Para confirmar a suspeita, o patrão lá estava, atrás do balcão, palitando os dentes, ruminando a digestão de uma fome saciada. Por consideração, mandou que a cozinheira me providenciasse um café, e, quando me despedi, foi na caixa registradora e deu-me uma nota de dez cruzeiros.

— Obrigado.
— Mas não me apareça mais aqui. Não dou esmolas.

O caso não era ainda de pedir esmolas. Poderia dedicar a parte da tarde a bater algumas oficinas modestas, dessas que imprimem cartões e pequenos folhetos, trabalhara no ramo algum tempo, com sorte poderia me virar. Sordidez por sordidez, qualquer trabalho é sórdido.

Quando expus este raciocínio a Dos Passos, ele concordou. Por isso recusava-se a trabalhar. Fizemos um levantamento de nossas possibilidades, um balanço de nossa vida. Tínhamos algum dinheiro, que nos daria comida por duas semanas. E havia o caralho que nos caíra do céu. Herodes I rendera pouco, não passara de figurante do cinema nacional. Herodes II poderia levar a dinastia a mais gloriosos dias.

Fomos dormir com esta esperança.

Dos Passos levantou-se, no meio da noite, querendo enrabar alguém. Sentia uma falta desgraçada de Sic Transit. Propôs-me um revezamento, ele estava disposto a dar o que era dele, esquecido — ou muito bem lembrado — de que eu não podia enrabá-lo, mesmo que tivesse vontade. O jeito foi voltar às punhetas, sem entusiasmo, quase por dever.

Desempregados, mas ainda alimentados e dormidos, resolvemos aproveitar os dias seguintes para procurar um troço qualquer que nos desse dinheiro. Dos Passos foi ao pessoal do cinema, voltou desanimado. A produção decidira mudar de projeto, descolara um patrocínio oficial que se recusava a financiar uma história na qual um caralho era mais importante do que o sol. Fiada nessa grana, a produção ia filmar a vida do Patriarca da Independência, José Bonifácio de Andrada e Silva. Nem no roteiro nem na biografia do Patriarca havia interesse em ter Herodes II no elenco.

Tínhamos, outra vez, as calçadas e as ruas da cidade para andar. Tanto andamos que vimos, um dia, o Grande Arquimandrita passar em um carro, solene, festivo. Fez-nos um sinal amistoso, dando a entender que estava bem de vida.

Imaginamos que ele fazia aquele roteiro todos os dias e imaginamos bem. À mesma hora, nos postávamos na calçada da avenida Chile e o víamos passar. Quando ele percebeu que nós estávamos ali de propósito, deixou de nos cumprimentar. Fingia que não nos via.

Dos Passos tomou informações com o pessoal que trabalhava para o tal coronel e ficou sabendo que o Grande Arquimandrita trabalhava agora na polícia, tinha um cargo importante no Departamento de Ordem Política e Social. Fornecera pistas e pelo menos dois grupos que viviam na clandestinidade caíram na rede e foram eliminados.

Para compensar tanto e tamanho sucesso, todos os grupos clandestinos que atuavam no Rio haviam condenado o Grande

Arquimandrita à morte. Sua cabeça estava sendo disputada. Podia não ser — e não era realmente — o elemento mais brutal da repressão policial, mas era o mais repugnante.

Naquela noite seguimos para a Cinelândia, na esperança de encontrarmos um acaso que nos ajudasse a melhorar de vida. Este acaso nunca chegava, nem precisava chegar. Bastava a esperança desse acaso — e lá estávamos, vivos, crus, esperando que a vida vivesse por nós.

O dinheiro ia minguando, mas Dos Passos convenceu-me que assim era melhor. Quando acabassem os últimos trocados, e fossemos expulsos do quarto, teríamos mais sorte ou, pelo menos, mais incentivo para forçar a sorte, mais voracidade em lutar pelo pão e pelo teto.

Estávamos num banco da Cinelândia, vendo a noite passar para mais um dia. Dos Passos me convencera que os melhores acasos surgem à noite, por isso dormíamos durante o dia, aproveitando o quarto que ainda podíamos pagar. Eu podia argumentar contra esta verdade mas me sentia cansado e indiferente. Deixava que Dos Passos tomasse conta da vida dele e da minha.

Foi então que o carro passou pela rua, em marcha lenta, quase parando. De dentro saíram os tiros. Dos Passos tombou a meu lado, varado.

O carro ganhou velocidade e sumiu numa esquina. Minha primeira providência foi abandonar o local, como se culpado fosse, e na verdade não me sentia inocente. Policiais apareceram e me levaram para a delegacia da rua do Catete. Lá fiquei sabendo que Dos Passos fora justiçado por grupos que o consideravam traidor. Eu sabia que não era verdade, o traidor no caso teria sido o Grande Arquimandrita. Mas tanto me fazia. Deram-me algumas porradas e me devolveram à rua.

Com meu vidro embaixo do braço, voltei à Cinelândia. O corpo de Dos Passos tinha sido levado e me senti desconfortável no mesmo lugar onde ele havia morrido. Caminhei em direção ao Aterro, ali esperaria o novo dia. Seria minha maneira de homenagear meu companheiro. Na noite em que o conhecera, ele me levara para ver o sol nascer.

Perto do mar, não sei o que me deu, achei que o vidro de compota com aquele troço dentro não fazia sentido. Era uma carga exagerada para carregar pela vida. Não tinha o direito de possuir qualquer coisa. Sobretudo uma coisa que não era minha.

Solitário e mutilado, minha salvação deveria começar pela consciência de que nada era e de que nada me era devido. Precisava me agarrar à vida. Morto, de nada eu me adiantava.

Sentei-me numa pedra e fiquei olhando o horizonte. Lá pela madrugada, quando soprou a aragem do amanhecer, peguei o vidro e atirei-o ao mar. As ondas podiam me devolver aquela carga, resolvi sair de perto. Costeando a praia, andei em direção ao Flamengo.

O dia começava a nascer. Perto do Hotel Glória, havia um grupo de rapazes e moças que cantavam, esticando um fim de festa. Fiquei a distância sem olhar para eles.

Um sujeito passou por mim, vindo do Aterro, fazendo o mesmo roteiro que eu fizera. Parou na minha frente e mostrou-me o vidro de compota com Herodes II. Lá dentro, parecia um náufrago.

— Olha o que eu achei.

— Faça bom proveito.

O homem não se admirou de lhe ter dado tão pouca importância, a ele e a seu achado. Olhou-me sem graça. Depois apontou para o grupo de jovens que cantava diante do sol que nascia:

— Estão felizes, hein?

— Estão mal informados — respondi.

E afastei-me.

DIREÇÃO EDITORIAL
Daniele Cajueiro

EDITORA RESPONSÁVEL
Janaína Senna

PRODUÇÃO EDITORIAL
Adriana Torres
Mariana Bard
Laiane Flores

REVISÃO
Alessandra Volkert
Bárbara Anaissi
Emanoelle Veloso

DIAGRAMAÇÃO
Leticia Fernandez Carvalho

Este livro foi impresso em 2020
para a Nova Fronteira.